제인 오스틴,

19세기 영국에서 보낸 편지

✦ 일러스트 레터 02 ✦

제인 오스틴,

19세기 영국에서 보낸 편지

로맨스 여제의 삶과 사랑, 매혹의 삽화들

퍼넬러피 휴스핼릿 지음
공민희 옮김

허밍버드
Hummingbird

일러두기

1. 이 책에 실린 제인 오스틴의 편지 내용 중 중략된 부분은 원서의 형식을 따라 말줄임표로 표시하고 마침표를 찍지 않았다.

2. 제인의 편지에 등장하는 주요 인물(가족, 친구, 지인 등)에 대한 정보는 이 책의 '편지 속 사람들'과 '오스틴 가계도'에 정리해 실었다.

3. 각 편지의 제목은 편지를 쓴 날짜와 장소로 구성되며, 제인이 편지에서 강조한 부분은 글자를 굵게 했고(원서에는 이탤릭체로 되어 있다), 옮긴이 주는 따로 표시했다.

4. 인명이나 지명 등 외래어는 국립국어원의 외래어표기법에 따랐으나 일부는 관례와 원어 발음을 존중해 그에 따라 표기했다.

5. 잡지와 신문 등의 매체, 시 제목 등은 〈 〉로, 단행본은 《 》로 표기했다.

6. 본문에 수록된 도판은 저작권자의 사용 허가를 받아 게재했다.

7. 본문에 수록된 도판 및 편지의 소장처 또는 사용 허가 출처는 이 책의 '도판 및 편지 소장처'에 해당 쪽수와 함께 표기했다.

바스의 아름다운 공원 '시드니 가든스'의 모습. 영국 화가 존 클로드 네이츠의 작품으로 책 《일련의 풍경으로 묘사된 바스》(1806년)에서 발췌했다. 이곳은 음악회, 불꽃놀이, 축하연과 같은 행사가 벌어지는 장소다. 제인 오스틴은 "매일 아침 시드니 가든스에서 나누어 주는 아침 식사 덕에 우리는 배를 곯지 않을 수 있었어"라고 편지에 썼다.

Contents 차례

· 제인 오스틴의 편지 *008*

· 프롤로그 *011*

· 편지 속 사람들 *022*

· 오스틴 가계도 *030*

Part. 1 스티븐턴에서 보낸 편지

풍부한 감수성을 키운 20대 시절 *036*

Part. 2 바스에서 보낸 편지

정든 고향을 떠나 새로운 미래로 *078*

Part. 3 사우샘프턴에서 보낸 편지

또 다른 시야를 키우며 *110*

Part. 4 초턴에서 보낸 편지 I

초턴 정착기 *144*

Part. 5 초턴에서 보낸 편지 II

작가로서의 성공과 찬사의 날들 *192*

Part. 6 초턴과 윈체스터에서 보낸 편지

생의 마지막 1년 *236*

· 제인 오스틴의 발자취를 따라서 *266*

· 더 읽기 *269*

· 도판 및 편지 소장처 *270*

⚓ 영국 화가 존 코드리가 19세기 초에 그린 역마차의 모습.
당시에는 젊은 여성이 이런 역마차를 타고 혼자 여행하는 건 부적절하다고 여겼다.
"난 역마차를 타고 가고 싶은데 프랭크 오빠가 허락하지 않을 거야."
제인은 이렇게 투덜대곤 했다.

제인 오스틴의 편지 *The Letters of Jane Austen*

《오만과 편견》의 제인 오스틴. 그녀가 세상을 떠나고 몇 달이 흐른 1817년의 어느 날, 그녀의 넷째 오빠 헨리는 《노생거 사원》의 초판을 준비하면서 작가 소개란에 제인과 주고받았던 편지 두 통의 내용을 추려 넣었다. 제인의 조카 제임스 에드워드 오스틴리가 1869년에 내놓은 《제인 오스틴 회고록》도 개정 증보판에서 그녀의 편지를 일부 소개했다.

지금까지 남아 있는 제인의 편지 대다수는 언니 커샌드라 오스틴에게 보낸 것들이다. 제인이 아꼈던 조카 패니 나이트가 커샌드라로부터 이 편지들을 상속받았다. 이후 1884년, 패니의 아들 에드워드(브라본 경)가 《제인 오스틴의 편지》를 두 권에 걸쳐 출간했다.

1884년 당시 제인 오스틴의 소설은 큰 찬사를 받았다. 《이성과 감성》이 1811년 출간됐고 1813년에는 《오만과 편견》이, 1814년에는 《맨스필드 파크》, 1816년에 《에마》가 차례로 세상에 나왔다. 《노생거 사원》과 《설득》은 제인의 사후인 1818년에 출간되었다.

에드워드는 '그 누구도 제대로 알려 줄 수 없는 제인 오스틴의 개인사'를 대중에게 공개할 때가 찾아왔다고 출간 소감을 밝혔다. "《오만과 편견》, 《맨스필드 파크》,《에마》 등 여러 소설 속에서 매우 평범한 일상과 보편적인 주제가 번뜩이는 위트와 재치로 드러난다. 영어권 국가의 많은 독자가 제인 오스틴이라는 작가를 사랑하는 이유가 여기에 있다."

그런 까닭에 제인의 편지를 추린 특별한 선집이 나오게 되었다. 그녀의 소설 속 관련 부분을 발췌하고 적절한 삽화를 수록한 이 책은 한 여성으로서, 또한 작가로서 제인 오스틴에 관해 쉽게 알 수 있도록 구성했다.

이 책에 수록된 제인 오스틴의 편지 원본들은 (개인 소장 및 소재 불명을 제외하고) 영국도서관, 케임브리지대학교 피츠윌리엄박물관, 펜실베이니아 역사협회, 하버드대학교 호턴도서관, 제인오스틴 메모리얼트러스트, 제인오스틴 소사이어티, 켄트주 기록보관소, 매사추세츠 역사협회, 피어폰트 모건도서관, 프린스턴대학교 도서관, 옥스퍼드대학교 세인트존스칼리지, 토키박물관 등에서 소중히 보관하고 있다.

프롤로그 *Introduction*

1796년 1월 9일, 제인 오스틴은 언니 커샌드라에게 편지를 쓰기 위해 펜을 들었다. 스무 살, 젊고 자신감 넘치고 웃음이 많은 그녀의 목소리에서 시대의 괴리감 같은 건 전혀 찾아볼 수 없다. 제인은 당시 연애 중인 상대에 대해 언니가 더 자세히 알고 싶어 할 거라고 생각해 편지를 썼다. 이미 그녀의 마력에 빠져 있는 현대 독자들 역시 그럴 것이다. "르프로이 씨에게는 한 가지 결함이 있는데 시간이 흐르면 완전히 없어질 거라고 난 믿지만 그건 바로 그의 모닝코트 색이 지나치게 밝다는 거야." 그녀는 무심하게 툭 농담을 던지는 재주가 있었고 짓궂게도 이 뛰어난 능력을 언니를 놀리는 데 활용하면서 즐거워하곤 했다.

임종을 맞이하던 1817년, 중년이 된 제인의 목소리는 차분한 성숙미를 풍기면서도 사랑스러움과 따뜻함은 고스란히 남았다. 그녀는 조카 에드워드에게 이런 말을 전했다. "너도 아프게 되면 나처럼 극진한 간호를 받을 거야. 네가 너무 측은해서 불안한 친구들에게 둘러싸이는 은혜로운 축복으로 육체적 고통은 줄어들 테지. 장담하는데 무엇보다 그들의 사랑을 받을 충분한 자격이 있다고 스스로 깨닫는 것이 가장 큰 축복이야. **난** 정말로 그렇게 생각해."

♦ 19세기 초 영국에서 풍자화가로 명성이 높았던 토머스 롤런드슨이 그린 시장 가판의 모습. 18~19세기 영국의 작가, 화가, 삽화가였던 W. H. 파인의 책 《그레이트브리튼의 의상 백과》(1808년)에서 발췌했다. 예나 지금이나 물건을 사려면 흥정에 능숙해야 하는데 제인은 잘 해낸 것처럼 보인다.

♦ 동물, 사냥, 풍경 등을 많이 그린 영국 화가 새뮤얼 호윗이 묘사한 케닝턴. 사륜 역마차와 우마차로 여행하는 길에서 만난 전형적인 18세기 마을의 모습을 보여 준다.

스무 살부터 생의 말년에 이르기까지 남아 있는, 혹은 그렇다고 알려진 편지들은 대부분 제인이 언니 커샌드라에게 보낸 것으로 현대 독자들에게는 정말로 귀중하고 값진 유산이다. 이 편지들을 살피며 제인 오스틴의 태도, 성격, 연애, 외부적인 상황, 가족 관계의 확장, 살던 집, 인생에 대한 시각을 파악할 수 있다. 돈, 날씨, 정원 가꾸기, 생선 가격 등 세세한 부분까지 생동감 있게 전해 주는 매혹적인 필체 덕분이다. 그녀의 천재성이 평범한 일상 속 사소한 부분까지도 반짝일 수 있도록 만든 게 아닐까.

커샌드라와 제인은 어린 시절과 청소년기에 되도록 떨어지지 않으려고 했기 때문에 제인이 성인이 된 이후에야 두 사람 사이에 편지가 오가기 시작했다. 어른이 된 뒤로 둘은 자주 떨어져 지냈고 제인은 대략 일주일에 두 번, 언니에게 자신의 일상을 기록한 편지를 보냈다. 자매는 서로를 한 몸처럼 여길 만큼 매우 친하고 사이가 좋았다. 커샌드라에게 보낸 한 편지에서 제인은 "이제 난 편지 쓰기의 진정한 묘미가 뭔지 알게 됐어. 그건 늘 상대에게 말로

⬇ 1804년에 커샌드라가 그린 제인 오스틴. 형용할 수 없는 매력이 느껴진다.

하던 걸 고스란히 종이에 옮기는 거야. 그러니까 난 이 편지에서 최대한 빨리 언니에게 이야기하는 중인 거지"라고 적었다. 정말로 편지는 작가가 또렷한 목소리로 직접 말을 건네는 것 같은 묘한 착각을 불러일으켜 독자로 하여금 영예로운 특권을 누리게 해 준다.

제인의 문체는 시골에서의 삶을 빈틈없고 매서울 정도로 정확하게 묘사하고 있고 편지는 그녀가 이 행위를 얼마나 즐기고 있는지 잘 보여 준다. 《에마》의 여주인공은 마을 거리에서 벌어지는 사사로운 일들을 살피고 반영한다. "생동감 있고 느긋한 마음가짐을 가졌다면 보지 않아도 행동할 수 있고 해답이 아닌 것은 보지 않을 수 있다." 이 말은 《에마》의 창작자에게도 어울리는 코멘트로 보인다. 제인의 편지 대부분은 자잘한 것들을 다루고 있지만, 이것들이 제인의 예술적 필력에 의해 귀한 가치를 지닌 주제로 탈바꿈했다. 19세기 최고의 역사 소설가 월터 스콧 경은 그녀의 재능을 '흔하고 평범한 사물이나 인물을 흥미롭게 변화시키는 정교한 손길'이라고 묘사했다. 양의 다리와 루바브와 씨름하거나 낭만주의 시인 윌리엄 쿠퍼의 시를 칭송하거나 불운한 지인에 대해 예리하게 지적하거나(예를 들어, "블런트 부인이…… 똑같이 넙데데한 얼굴에 다이아몬드 머리띠, 흰 구두, 얼굴이 발그레한 남편, 살찐 목까지") 죽음을 애도하거나 저녁 외출용 모자를 근사하게 수리하는 등 그녀의 손길이 닿은 모든 것이 중요성을 얻는다.

"내가 디자인한 걸 조지가 마음에 들어 하면 좋겠어." 어린 조카에 대한 그녀의 마음 씀씀이는 예뻤다. "꼼꼼하게 마무리하지 않았어도 그 애한테 잘 어울렸겠지. 하지만 예술가라면 무엇을 하든 지저분하게 끝낼 순 없는 법이야." 유머러스한 말투지만 제인의 진심이 분명히 드러난다.

그녀의 편지는 가정의 화목을 최고로 여기는 특정 사회 계층의 모습을 잘 보여 준다. 실제로 편지 속 세상에서 제인 오스틴은 어느 정도 가족 관계에 의해 정의되는 것도 사실이다. 충실하고 정 많은 딸로 교양이 넘치고 동정심 많은 아버지와 특히 각별한 사이였으며 남자 형제들에게도 사랑스러운 동생이자 누나였다. 하지만 제일 좋아하는 언니인 커샌드라와 누구보다도 가깝게 지냈다. 우애가 돈독하고 화목한 가족의 모습은 한 구성원에서 다른 구성원으로 연이어 전달되는 편지와 전갈을 통해 잘 드러난다. 1813년 10월 11일, 커샌드라에게 보내는 편지에서 제인은 이렇게 말했다. "사랑한다고 오빠가 전해 달래…… 함께 헨리에타 스트리트로 돌아와 가족 방문을 마무리할 생각은 없어? 언니의 꾸밈없는 의견을 듣고 싶어."

시간이 흐르며 제인은 유쾌하고 즐거운 고모의 면모를 보이기 시작했다. 그녀가 아끼는 조카들에게 편지를 보낼 때면 커샌드라에게 보여 주는 날카로운 통찰력이 담긴 완벽한 소품문 속 그 유명한 풍자적인 어조는 찾아볼 수 없다. 어린 가족들에게는 한층 유창하고 쉽게 글을 쓰고 특유의 애정이 가득 담긴 조언과 적절한 농담을 잘 배합했으며 사랑과 결혼, 소설을 쓰는 일까지 주제도 다채로웠다. 그러니 현대 독자들은 그저 매혹당할 수밖에.

♦ 제빵사가 작은 시골 마을에서
자신이 만든 빵을 배달하고 있다.
제인 오스틴에게 꽤나 익숙했을 광경이다.

제인의 편지가 보여 주는 매력 중 일부는 엄청난 사랑을 받은 작품을 쓴 저자에 대한 독자들의 기본적인 호기심을 충족시켜 준다는 점인데 어떤 의미에서는 이 점을 더 완전하게 드러낸다고 볼 수 있다. 게다가 소설에서 매력적으로 느꼈던 요인이 어디에서 비롯되었는지 상당 부분 알려 주고 있기도 하다. 해군으로 복무 중인 남자 형제들의 승진과 성공을 알리는 제인의 행복한 편지는 《맨스필드 파크》의 주인공 패니가 오빠 윌리엄의 출세를 기뻐하는 모습에 그대로 투영시킨 듯한 느낌을 지울 수 없다. 《이성과 감성》에서 엘리너와 메리앤 대시우드 자매, 《오만과 편견》의 제인과 엘리자베스 베넷처럼 자매 사이의 끈끈한 유대감은 커샌드라와 제인의 애정 넘치는 편지에 더욱 집중하게 해 준다. 《설득》에서 도싯의 시골 풍경을 서정적으로 묘사한 부분은 제인이 라임에서 무도회에 갔다가 달빛을 받으며 집으로 걸어오는 길에 조잘대던 말들을 담은 편지 속 경험에서 파생된 것이다.

배우자가 없는 제인의 상황은 편지 속에 언급된 빈곤한 여러 독신 여성의 곤경을 크게 걱정하는 목소리를 통해 짐작할 수 있다. "독신 여성은 가난하게 살아야 하는 끔찍한 경향이 있어서 이 부분이 결

♦ 《맨스필드 파크》 재판에 꽂혀 있던 실루엣. '사랑스러운 제인'이라고 적혀 있다.

혼을 갈망하게 하는 쟁점이 돼"라고 한 편지에서 언급했다. 자칫 강해 보이는 언사지만 그렇게 심한 비약은 아니고 또 다른 편지에서는 이렇게 주장했다. "애정 없는 결혼을 하느니 차라리 안 하는 편이 더 낫고 견디기 수월해." 그녀는 여러 가지 방식으로 독신인 쪽이 더 좋다는 사실을 각인시켰다. "디데스 부인에게는 잘된 일이야!" 그녀는 결혼하지 않은 조카 패니 나이트에게 현실적으로 말했다. "난 그녀가 더 나은 삶을 얻길 바랐어. 기왕 이렇게 되었으니 그녀가 남편과 각방을 쓰며 단순한 생활을 하길 바라." (제인의 셋째 오빠 에드워드의 아내 엘리자베스 브리지스와 자매인 디데스 부인은, 당시 열여덟 번째 아이를 낳은 지 얼마 되지 않은 것으로 보인다 ―옮긴이)

따라서 작가로서 성공의 척도가 되는 재정적인 독립 여부에 대해 그녀는 숨기려 들지 않고 더 적극적으로 드러내며 즐겼다. 패니 나이트에게 《맨스필드 파크》의 재판 출간에 대해 설명하면서 제인은 탄식했다. "사람들은 책을 사기보다는 빌려 읽고 평가하는 데 더 익숙해. 그게 전혀 놀랍지 않아. 하지

⬇ 제인의 언니 커샌드라의
실루엣으로 30대 후반의 모습이다.
당시 영국에서 실루엣 전문으로 유명했던
화가 존 마이어스가 그렸다.
"소중한 몸을 잘 보살펴 줘."
제인은 헌신적인 둘의 관계에서
다정한 목소리로 말한다.

만 나도 다른 사람만큼 칭찬을 좋아하고 에드워드 오빠가 **백랍**만큼 가치가 있다고 한 것도 마음에 들어." 말년에 소설로 그녀가 벌어들인 총수입을 계산해 보면 680파운드가 넘는다.

제인 오스틴이 후미진 시골 목사관에 갇혀 생을 보낸 것처럼 비치는 경우도 있으나, 그녀의 편지를 보면 여러 곳을 방문하고, 런던에서 근사한 파티를 즐기고, 헨리와 그의 사랑스러운 아내 엘리자와 함께 지내는 등 다양하고 세련된 생활을 해 온 사실을 알 수 있다(엘리자의 첫 번째 남편 드퓨일라이드 백작은 프랑스 혁명 시기에 처형되었고, 이후 1797년에 그녀는 열 살 연하인 헨리와 재혼했다). 이 책에 수록된 삽화들은 다채로운 제인의 경험을 뒷받침해 준다.

그녀의 일생은 프랑스 혁명과 나폴레옹 전쟁에 걸쳐 있고 워털루 해전 2년 뒤에 막을 내린다. 역사적으로 커다란 사건들은 사적인 편지에 크게 작용하지 않지만 해군에 복무 중이던 두 남자 형제(프랜시스, 찰스)를 걱정하게 만들었다. 두 사람 모두 영국 해군에 현역으로 있었고 반도 전쟁의 비극에 휩싸였다. "그렇게 많은 사람이 목숨을 잃다니 너무 끔찍한 일이야." 한 편지에서 제인은 이렇게 적었다. "천만다행이야! 부대 안에 우리가 신경 써야 할 사람이 없어서 말이야."

소설가의 창의적인 삶은 분명하게 세 시기로 나뉜다. 《이성과 감성》, 《오만과 편견》의 습작을 시작한 행복한 스티븐턴에서의 시절과 이후 바스와 사우샘프턴에서 보낸 아무것도 쓰지 않은 긴 시간이 있다. 어쩌면 경험을 축적하고 생각을 잉태하는 기간으로 볼 수 있을지도 모르겠다. 《노생거 사원》과 《설득》에 등장하는 바스의 장면은 대부분 이 시기 경험에서 비롯되있다. 《맨스필드 파크》에 나오는 항구 도시 포츠머스의 장면도 사우샘프턴 해군의 삶에 대한 그녀의 지식에서 출현한 것이다. 그리고 이어지는 위대한 창작의 시기는 그녀가 다시 행복해져 글을 쓸 수 있게 된 초턴에서의 시절이다. 이때 여섯 작품 중 네 작품이 출간되었고, 《노생거 사원》과 《설득》이 완성되었다. 이 두 작품은 유작이 되었다.

이 시기들을 염두에 두고 편지를 살피면 독자에게 한층 도움이 될 것이다. 가장 몰입감 있는 내용 일부는 소설에 다양한 방식으로 반영되고 있다. 당연히 제인은 열정적으로 이런 방식을 활용했다. "런던에 내가 가장 아끼는 아이가 있다는 말을 하고 싶어." 《오만과 편견》의 첫 사본이 도착했을 때 이렇게 적었다. 나중에 같은 편지에서 쭉 소설을 읽어 온 친구 벤 양을 언급했다. "벤 양은 정말로 엘리자베스를 동경하는 것 같아. 난 그녀를 출간된 작품을

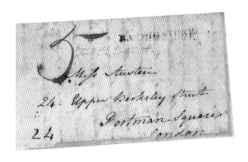

⚓ 커샌드라에게 보내는 편지에 주소를 적은 제인의 필체. 당시 커샌드라는 헨리 오스틴과 함께 런던에 머물고 있었다.

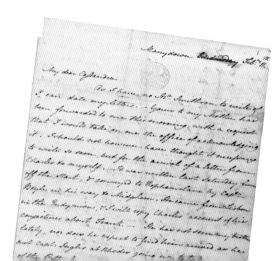

⚓ 스티븐턴 근교의 매니다운에서 커샌드라에게 쓴 편지. "오! 맙소사! 내가 하고 싶은 말의 절반도 적지 못했는데 그럴 시간도, 종이도 없다니."

통틀어 가장 훌륭한 인물이라고 생각하고 그녀를 좋아하지 않는 사람에게 관용을 베풀 수 있을지 확신이 없어."

제인 오스틴의 편지를 엄선해 책을 내기로 한 건 작가의 초상을 제대로 아우르고 최대한 많은 각도에서 그녀를 드러내 다양한 모습을 보여 주기 위해서다. 아가씨의 '밝고 반짝이는' 측면과 가끔 위험할 정도로 수위를 높이는 신랄하고 비판적인 목소리, 다른 이의 행운에 대한 후한 칭찬, 성공에 직면하며 보여 주는 안정적인 모습, 슬픈 말년의 자기 반영적인 목소리, 하지만 여전히 위트는 잃지 않은 모습으로 말이다.

《오만과 편견》에서 엘리자베스 베넷이 다아시에게 "무엇이 현명하고 선량한 것인지 다시는 잘못 판단하는 일이 없길 바라요. 적개심과 허튼소리, 변덕과 모순이 저를 헷갈리게 하더라도 가뿐히 무시할 수 있었으면 좋겠어요"라고 한 말은 스티븐턴에서 불안했던 제인의 모습과는 확실히 일치하지 않지만 성년기의 그녀와 비교해 보면 어울리는 듯 보인다. 이 점은 불안한 소녀와 세상 풍파를 겪었지만 침착한 여성 사이의 가슴 아픈 괴리를 강조한다.

편지는 작가 일생의 다채로운 궤적에 따라 연대기순으로 여섯 부분으로 나뉘어 있다. 이 방식이 보기 편할 뿐 아니라 그녀의 거주지순과도 우연히 일치하기에 그렇게 구성했다. 햄프셔주 스티븐턴의 목사관에서 시작해 아버지가 은퇴한 뒤 바스에서의 생활, 아버지가 돌아가신 이후 사우샘프턴에서의 삶으로 말이다.

다음 두 부분은 초턴에서의 생활에 중점을 두었고 마지막 장은 그녀의 짧았던 말년을 담고 있는데 초턴에 간간이 머물고 이후 그녀가 숨을 거둔 윈체스터의 집으로 이어진다. 제인의 삶, 편지, 예술 사이의 연결고리가 되어 주길 바라는 마음에서 소설에서 발췌한 부분들을 책 이곳저곳에 삽입해 두었다.

위트와 따스함, 신랄함이 담긴 매력적인 편지들을 읽고 나면 소설가 제인 오스틴이 또한 한 사람의 여성 제인 오스틴으로 보일 것이고 그녀에 대한 존경과 애정 넘치는 우정도 느낄 수 있을 것이다.

퍼넬러피 휴스핸릿

편지 속 사람들

✦ 편지의 수령인들

커샌드라 엘리자베스 오스틴

제인의 언니. 여덟 남매 중 제인의 유일한 여자 형제로, 자매간 우애가 돈독하고 깊어 편지를 가장 많이 주고받았다. 아버지의 제자였던 톰 파울과 약혼했으나, 1797년 그가 서인도 제도에서 열병으로 사망한 후 평생 독신으로 살았다. 1817년 제인이 사망한 직후 커샌드라는 조카 패니 나이트에게 동생에 대한 사랑과 슬픔을 토해 내는 편지를 썼다. 그 두 통(1817년 7월 18일, 7월 29일)이 이 책에 수록되었다.

프랜시스 윌리엄 오스틴

제인의 오빠. 여덟 남매 중 여섯째로 프랭크로도 불렸다. 제인과 친밀한 관계를 유지했다. 해군에 지원해 나폴레옹 전쟁에도 참여했고, 나중에 제독의 자리까지 올랐다.

애나 르프로이

여덟 남매 중 첫째인 제임스 오스틴의 큰딸. 제인의 사랑을 듬뿍 받은 조카였다. 제인은 애나가 쓴 소설 원고에 대해 상세하고 다정한 조언을 보냈는데 그 편지 일부가 이 책에 실렸다(1814년 8월 10일, 9월 9일, 9월 28일).

패니 나이트

여덟 남매 중 셋째인 에드워드 오스틴 나이트의 큰딸. 에드워드 오스틴이 아버지의 사촌인 토머스 나이트 부부의 양자로 들어갔기 때문에 1812년 나이트 노부인의 사망 후, 패니는 '나이트'의 이름을 정식으로 받았다. 제인은 언니에게 보낸 편지(1808년 10월 7일)에서 패니를 떠올리면 항상 기분이 좋아진다고 말했을 정도로 아꼈다.

제임스 에드워드 오스틴리

제임스 오스틴의 아들. 1869년에 고모 제인에 관한 기록을 담은 《제인 오스틴 회고록》을 출판했다. 소설을 써 보겠다고 나선 열여덟의 조카 제임스 에드워드를 능청스럽게 놀린 제인의 편지(1816년 12월 16일)가 이 책에 수록되었다.

캐럴라인 오스틴

제임스 오스틴의 딸. 제인의 사후에 《나의 고모 제인 오스틴: 회고록》을 집필했다. 이 회고록에서 캐럴라인은 제인이 아이들에게 동화 나라 이야기를 들려주는 등 다정한 고모였다고 회상한다.

제임스 스태니어 클라크

19세기 초 영국의 섭정 왕자 조지의 가정 사제이자 사서. 제임스는 제인에게 다음 작품을 왕자에게 헌정할 것을 제안했고, 이에 제인은 붉은 금박을 입힌 《에마》 사본을 전달했다. 이후에도 제임스 클라크는 자신의 업적을 반영한 소설이나 역사 로맨스 소설을 써 달라는 과한 부탁을 했고, 이에 대한 제인의 답장들(1815년 12월 11일, 1816년 4월 1일)은 이 책에서 확인할 수 있다.

존 머리

당시 런던의 유명 출판업자로 《맨스필드 파크》, 《에마》, 《노생거 사원》, 《설득》을 출판했다. 그는 1809년 문학잡지 〈쿼털리 리뷰〉를 창간했는데, 당대 유명 문학가 월터 스콧 경이 여기에 《에마》의 비평을 기고했다. 존에게 보낸 편지(1816년 4월 11일)에서 그 비평에 대한 제인의 생각을 알 수 있다.

크로스비

제인의 작품 〈수전〉의 판권을 10파운드에 구매한 출판사. 오랫동안 원고를 출간하지 않는 크로스비 측에 제인은 항의하는 편지(1809년 4월 5일)를 보내기도 했다. 이 소설은 제인 사후 《노생거 사원》이라는 제목으로 세상에 나왔다.

마사 로이드

제인의 절친한 친구. 제임스 오스틴의 아내인 메리 로이드의 언니이다. 마사는 어머니가 세상을 떠난 후 오스틴 집안 여자들의 초대로 그들과 함께 살았으며, 1827년 오스틴 부인의 사망 이후에도 쭉 같이 살았다.

앤 샤프

제인의 친구이자 조카의 가정 교사. 에드워드 오스틴 나이트 집안 아이들을 가르쳤다. 제인은 말년에 앤에게 보낸 편지(1817년 5월 22일)에서 "건강이 좋든 안 좋든, 영원한 네 친구로 남을게"라는 말을 남겼다.

알레시아 비그

오스틴 자매의 오랜 친구. 제인에게 프러포즈를 거절당한 남성 해리스 비그 위더의 누나이다.

조지 오스틴 목사

제인의 아버지. 스티븐턴에서 교구 목사로
일했다. 제인은 아버지의 다정하고 자애로
운 미소를 자랑스러워했다. 딸의 소설을 읽
고 감명을 받은 조지 오스틴은 출판사로 작
품을 보내기도 했다.

커샌드라 리 오스틴

제인의 어머니. 오스틴 자매는 몸이 아픈 어
머니를 살뜰히 보살폈다. 어머니의 유일한 남
자 형제인 리 패럿이 1817년에 숨을 거두며
모든 자산을 자신의 미망인에게 남기자, 제인
은 크게 낙심했다.

제임스 오스틴

제인의 오빠. 여덟 남매 중 첫째. 아버지의 뒤를 이어 스티븐턴에서 교구 목사로 일했다. 제인이 말년에 성체 성사를 받기로 결심하자, 제임스는 동생 헨리와 함께 예식을 주관했다.

조지 오스틴

제인의 오빠. 여덟 남매 중 둘째. 건강상 문제로 가족들과 함께 살지 못했다.

에드워드 오스틴 나이트

제인의 오빠. 여덟 남매 중 셋째. 토머스 나이트 부부의 양자로 들어가 가드머셤 영지를 상속받고 막대한 부를 이뤘다. 결혼 후 11명의 자녀를 낳았다. 제인은 에드워드와 그의 대가족이 사는 가드머셤에 종종 머물렀다. 1808~1809년 무렵 그는 어머니와 여동생들을 위해 초턴의 집을 제공했다. 덕분에 제인은 보다 안정적으로 글을 쓸 수 있었다.

헨리 토머스 오스틴

제인의 오빠. 여덟 남매 중 넷째. 은행 사업을 하다 실패했고 이후 1816년 말 서품을 받고 초턴의 부목사로 임명되었다. 제인과 가장 가까운 관계를 유지한 남자 형제로, 제인이 책을 출판하는 데 많은 도움을 주었다. 제인의 사후에는 《노생거 사원》의 초판을 출간했다.

찰스 존 오스틴

제인의 남동생. 여덟 남매 중 막내. 형 프랜시스와 마찬가지로 해군으로 활약했고 후에 제독이 되었다. 누나들에게 선물하려고 금목걸이와 토파즈 십자가를 구입한 동생 찰스를 귀여워하는 제인의 편지(1801년 5월 26일)가 이 책에 수록되었다.

새뮤얼 블랙올

1798년경 제인에게 구혼했지만 거절당한 남성. 많은 시간이 지난 후, 제인은 오빠 프랜시스에게 보내는 편지(1813년 7월 3일)에서 블랙올에 대해 "완벽 그 자체이고 흥겨운 사람이라 난 항상 그 점을 회상하곤 해"라고 썼다.

톰 르프로이

스무 살 제인이 사랑에 빠졌던 남자. 제인의 스티븐턴 고향 집과 인접한 애쉬 목사관의 르프로이 가문의 조카다. 결국 두 사람은 헤어지게 되는데, 당시 제인의 심경이 담긴 편지(1796년 1월 14일)가 이 책에 실렸다.

해리스 비그위더

1802년 제인에게 청혼한 여섯 살 연하의 남성. 비그위더 집안의 부유한 상속자였다. 제인은 프러포즈를 수락한 바로 다음 날 마음을 바꿔 거절했다.

에드워드 브리지스

1805년 무렵 제인에게 결혼 제안을 한 것으로 추정되는 남자. 세월이 흘러 제인은 에드워드 브리지스와 그의 아내와 함께 예상치 못한 식사를 하게 되는데, 이때 오빠 프랜시스에게 보낸 편지(1813년 9월 25일)에서 에드워드의 아내를 '고집이 센 건 전혀 좋지 않다는 점을 알려 준 여성'이라고 묘사했다.

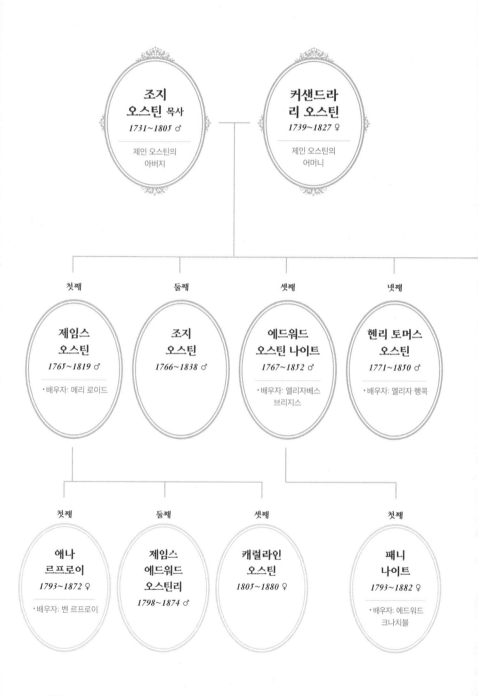

조지
오스틴 목사
1731~1805 ♂

제인 오스틴의
아버지

커샌드라
리 오스틴
1739~1827 ♀

제인 오스틴의
어머니

첫째

제임스
오스틴
1765~1819 ♂

• 배우자: 메리 로이드

둘째

조지
오스틴
1766~1838 ♂

셋째

에드워드
오스틴 나이트
1767~1852 ♂

• 배우자: 엘리자베스
브리지스

넷째

헨리 토머스
오스틴
1771~1850 ♂

• 배우자: 엘리자 행콕

첫째

애나
르프로이
1793~1872 ♀

• 배우자: 벤 르프로이

둘째

제임스
에드워드
오스틴리
1798~1874 ♂

셋째

캐럴라인
오스틴
1805~1880 ♀

첫째

패니
나이트
1793~1882 ♀

• 배우자: 에드워드
크나치블

오스틴 가계도

오스틴 집안은 대가족이었다.
제인은 조카들과도 자주 교류하며 친밀하게 지냈다.
그녀의 부모님과 형제자매 그리고 이 책에 수록된 제인의 편지에
자주 등장하는 가족 정보를 가계도에 정리했다.

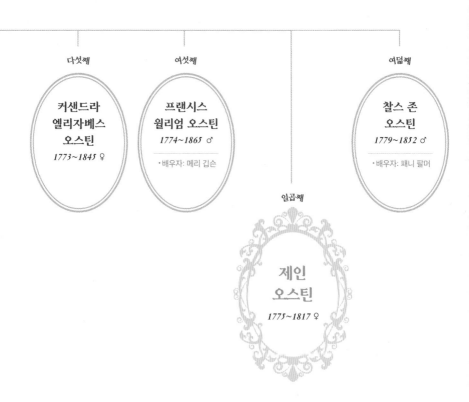

다섯째

커샌드라
엘리자베스
오스틴
1773~1845 ♀

여섯째

프랜시스
윌리엄 오스틴
1774~1865 ♂

• 배우자: 메리 깁슨

여덟째

찰스 존
오스틴
1779~1852 ♂

• 배우자: 패니 팔머

일곱째

제인
오스틴
1775~1817 ♀

Part. 1

스티븐턴에서 보낸 편지

Steventon

1796~1801

↯ 영국 햄프셔주 셀본의 성겨운 시골 풍경을 담은 수채화.
18세기 스위스의 풍경화가 새뮤얼 그림의 작품이다.
제인에게 너무나 소중했던 고향 스티븐턴의 풍경을 떠올리게 한다.

풍부한 감수성을 키운 20대 시절

    제인 오스틴은 태어나서 스물다섯이 될 때까지 소박한 시골 삶을 영위하는 아버지의 영향 아래 스티븐턴 목사관에서 생활했다. 북 햄프셔주에 속한 스티븐턴은 윈체스터와 베이싱스토크 사이에 자리 잡은 작은 마을이다. 오스틴 부부의 일곱 번째 자녀이자 두 번째 딸인 제인은 우애가 돈독하고 재능이 넘치는 가족들의 사랑을 듬뿍 받으며 성장했다. 두 살 터울인 언니 커샌드라와 각별한 사이여서 제인의 편지 상당수가 그녀에게 보내는 것이었다. 가족 사정으로 두 사람은 자주 떨어져 지내야 했고 그럴 때면 일주일에 두 번씩 서로에게 편지를 썼다. 당사자들은 애석했으나 현대 독자들은 작가가 남긴 편지를 보는 행운을 누릴 수 있게 되었다.

    스무 살이던 1796년, 제인은 처음으로 편지를 썼고 그 대상은 스티븐턴과 근교 딘의 교구 목사를 담당하던 아버지 조지 오스틴이었다. 일찍 백발이 된 아버지는 바스 거리에서 모자를 벗으면 지나가던 사람들이 돌아볼 정도로 훤칠한 용모의 소유자였다. 심오한 학자로서 신사적이고 친절하면서도 동시에 풍자적인 유머 감각을 지닌 것으로 알려져 있다. 후에 제인은 이런 아버지의 '다정하고 자애로운 미소'에 대해 자랑스러워했다. 오스틴 목사는 이성적

↓ 제인이 처음 살았던
스티븐턴 목사관.
그녀의 조카 애나 르프로이가
1820년에 그렸다.

으로 목사관을 이끌었고 오스틴 부인의 탁월한 실용성, 상식, 빼어난 위트와
예리한 통찰력이 뒷받침되어 가정이 조화를 이루었다.

제인은 부모님의 좋은 점만 쏙 빼닮았다. 조카 제임스 에드워드 오스틴리
가 기억하는 그녀의 모습은 이렇다. "키가 크고 호리호리한 몸매에 사뿐한
걸음걸이지만 결코 가볍지 않으며…… 광대는 둥글고 입과 코는 작고 예뻤
으며 연한 녹갈색 눈동자에 갈색 곱슬머리가 얼굴 주변을 자연스럽게 에워
쌌다." 오스틴 가족의 장남 제임스는 이미 홀아비가 되어 딘의 부목사로 재
직 중이었고 이듬해 재혼을 서둘렀다. 그의 딸 애나는 고모 제인 오스틴의 사
랑을 독차지했다. 애나의 남동생 제임스 에드워드가 제인의 첫 자서전을 집
필했는데 여동생 캐럴라인의 기억력이 큰 도움이 되었다.

제인의 둘째 오빠 조지는 질환을 앓아 가족들과 같이 살지 못했다. 셋째
인 에드워드는 일찍이, 아버지의 사촌으로 켄트의 가드머셤 파크를 소유한
부자였지만 자식이 없던 토머스 나이트 부부의 양자로 들어가 상속자가 되
었다. 나이트 씨가 사망한 뒤 미망인은 캔터베리에 있는 저택으로 들어가 노

↓ 목사 아버지가
아들 에드워드 오스틴을
토머스 나이트 부부에게
소개하는 장면을 담은 실루엣.
운 좋은 에드워드는
양부모에게서 친절함과
너그러움을 물려받았다.

후를 보냈다. 에드워드는 가드머셤 영지에 입성해 오스틴 나이트로 성을 바꾸었다. 1798년에 그의 부모와 여자 형제들이 그곳을 방문했다. 웅장한 시골 저택을 둘러보고 여행과 축제를 즐긴 나날이 소설가로서 제인의 사회적 경험을 풍부하게 해 주었다. 하지만 1796년까지 에드워드와 아내 엘리자베스 브리지스는 여전히 그녀의 고향 굿네스톤과 가까운 롤링의 작은 시골집에 살았다.

제인이 가장 아낀 오빠 헨리는 처음에는 은행가로 일했다가 이후 교구 목사로 전향했다. 하지만 이 시기에 그는 옥스퍼드셔 민병대에 복무했고 그 직후 사촌인 엘리자 행콕과 결혼했다.

제인의 오빠 프랜시스와 남동생 찰스는 해군에 지원했고 이후 몇 년 동안 나폴레옹 전쟁에 참여했다. 두 사람의 진지 이동, 해전의 승리와 진급 소식은 곧상 가족들에게로 전달되어 중요한 화두가 되었다. 군인으로서 형제의 경력은 훌륭했고 결국 두 사람 모두 제독의 자리까지 올랐다.

밝고 활달한 분위기가 느껴지는 초창기 편지는 제인 오스틴의 평온한 날

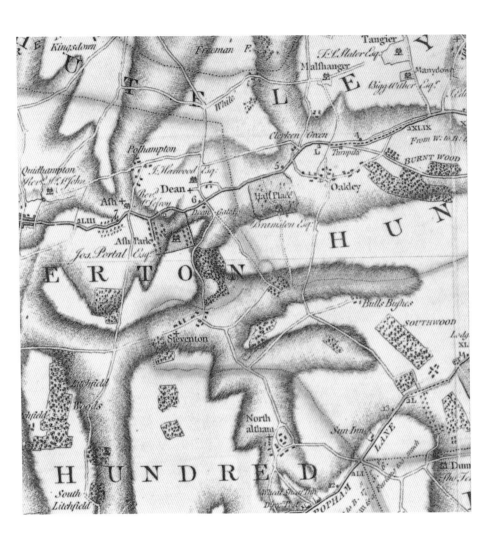

측량사 토머스 밀른이 1791년에 제작한 햄프셔 지도를 확대한 모습. 스티븐턴 지역에 표시된 많은 집들이 제인의 친구인 르프로이, 포털, 하우드 등이 살던 곳이다.

⬇ 브리스틀 스트리트에서 바라본 바스의 전경.
급성장한 도시에 계단식으로 다닥다닥 붙어 있는 집들이 보인다.

들만 보여 주는 것 같지만 그 속에는 슬픔도 담겨 있다. 엘리자 행콕의 첫 남편이 1794년 단두대의 이슬로 사라졌기 때문이다. 1797년에는 커샌드라의 약혼자인 톰 파울이 열병으로 숨을 거두었다. 이후 커샌드라는 평생 결혼하지 않았다.

초창기 작품 세 권을 끝낸 제인은 1796년에 이미 소설 집필에 들어갔다. 후에 《이성과 감성》으로 출간된 서간체 형식의 〈엘리너와 메리앤〉을 이 시기에 마무리했다. 이듬해인 1797년 8월에는 《오만과 편견》의 습작인 〈첫인상〉을 썼다. 소설에 감명을 받은 아버지가 출판사로 작품을 보냈지만 그쪽에선 읽어 보지도 않은 채 거절했다. 제인은 다음 작품인 〈수전〉에 집중했고 이 소설은 제인 사후에 《노생거 사원》이라는 제목으로 세상에 나왔다.

스티븐턴에서 살던 시절 제인의 편지에는 안정적인 가족의 울타리 속에서 누리는 행복이 짙게 묻어난다. 자상한 아버지는 밤마다 쿠퍼의 시를 읽어 주었다. 여자들은 바느질을 하거나 모자를 새로 단장하는 문제를 두고 이야기꽃을 피웠다. 베이싱스토크에서의 모임도 즐겼다. 교구 주민들이 방문했고 목사관에서는 돼지를 잡았다. 결혼식을 의논하고 출산을 다 같이 기뻐하거나 안타까워했다. 그 모든 소소한 일들이 스티븐턴에서의 삶을 이루었다.

1800년 가을, 제인의 아버지가 갑자기 목사직을 그만두기로 했는데 건강상의 이유로 보인다. 입소프에 사는 친구 마사 로이드의 집에 머물다 친구와 함께 돌아온 제인에게 어머니는 청천벽력과 같은 소식을 건넸다. "얘들아, 우린 스티븐턴을 떠나 바스로 이사 가게 되었어." 그 말을 듣고 충격에 빠진 제인이 복도에서 실신했다는 주장도 있다. 엄청난 사건이었다. 사랑하는 햄프셔주의 고요한 스티븐턴, 친구들, 친척을 비롯해 25년 인생의 모든 친숙한 광경을 뒤로한 채 억지로 떠나야 한다니.

바스에 정착하며 집들이 빼곡히 늘어선 거리, 도시의 소음과 진 빠지는 지방 도시 사교계에 익숙해져야 하는 건 예민한 감수성을 지닌 제인에게는 끔찍한 고통이었다. 1801년 1월 3일에 쓴 편지만으론 그녀가 운명을 받아들였는지, 아니면 아름답지만 불안정한 모습 뒤로 절망을 감추고 있는지 쉽사리 파악하기 어렵다.

1796년 1월 9일 토요일 스티븐턴

커샌드라 언니에게

무엇보다 난 언니가 수명보다 23년을 더 살았으면 좋겠어. 톰 르프로이 씨의 생일이 어제였는데 그러면 얼추 나이가 비슷해지잖아.

중요한 전제를 일단 깔아 두었으니 이제 언니한테 어젯밤 우리가 과하게 즐거운 연회를 보냈다는 이야기를 들려줄까 해……

우리는 3명뿐이었지만 제임스 오빠를 우리 마차에 태워서 너무 좋았어. 최근에 오빠의 댄스 실력이 엄청나게 늘어서 칭찬을 받을 만했거든. 히스코트 양은 예쁘지만 내가 예상한 만큼 용모가 빼어난 건 아니었어. H. 씨는 엘리자베스와 첫 춤을 추고 또 그녀와 췄어. 하지만 두 사람은 **각별해지는** 법을 몰라. 그래도 내가 빠져 준 덕분에 그들이 세 번 연달아 춤을 춰서 뭔가 좋은 결실을 얻을 거라 생각하니 뿌듯해.

이 순간 언니한테 받은 근사한 긴 편지 속에 날 나무라는 말이 많아서 아일랜드 친구와 내가 어떻게 하고 있는지 알려 주기 두려울 지경이야. 둘이서 춤을 추고 같이 자리에 앉아 있을 때 가장 방탕하고 망측한 모습을 한번 상상해 봐. 아쉽지만 날 드러낼 기회는 고작 **한 번밖에** 남지 않았어. 왜냐하면 다음 금요일 애쉬에서 열리는 연회에 우리가 춤을 춘 직후 그가 이곳을 떠나기든. 그는 아주 신사적이고 잘생기고 유쾌한 청년이야. 그건 내가 보장할 수 있어. 하지만 지난 세 번의 무도회를 제외하고 우리가 만난 닐을 따지면 별로 할 이야기가 없어. 애쉬에서 그가 나를 두고 엄청나게 놀려 댔던 탓에 스티븐턴으로 오길 부끄러워했고 며칠 전 르프로이 부인이 우리를 불렀을

땐 도망쳐 버렸어……

어제 아침에 벤저민 포털 씨가 우리 집을
방문했어. 여태껏 본 중에 가장 아름다운
눈을 가진 사람이었어. 모두가 언니가 돌
아오기를 간절히 바라고 있지만 애쉬에서
열리는 무도회 전까진 돌아오지 못하는 건
기정사실이잖아. 가족들에게 헛된 희망을
심어 주지 않아도 돼서 기뻐. 제임스 오빠
는 알레시아와 춤을 췄고 어젯밤에 엄청난
인내심을 발휘해 칠면조를 잘랐어……

⬇ 톰 르프로이의 세밀화.
톰과 제인은 서로 좋아하던 사이다.

위에 쓴 일이 있은 다음에 톰 르프로이 씨
와 그의 사촌 조지가 우리 집을 찾아왔어. 조지는 이제 정말로 행동거지가
훌륭해졌어. 그리고 르프로이 씨에게는 **한 가지** 결함이 있는데 시간이 흐
르면 완전히 없어질 거라고 난 믿지만 그건 바로 그의 모닝코트 색이 지나
치게 밝다는 거야. 그는 톰 존스를 엄청나게 동경하는 사람이라 같은 색 옷
을 입은 것 같은데 하필이면 그가 다쳤을 때의 옷을 따라 한 게 아닐까 난 생
각해……

　난 M. 양의 상실감에 애도를 표하고 엘리자를 얻어서 다행이라고 생각해.

이만 줄일게. *J. A.*

🪶 현재까지 남아 있는 제인의 첫 번째 편지로 커샌드라가 약혼자인 파울 가족과 함께 머물
던 버크셔의 킨트버리로 보냈다. 이때 톰 파울은 얄궂은 운명에 나나 그레이브 경의 개인
사제 자격으로 서인도로 갔다. '톰 존스'는 18세기 영국 소설가 헨리 필딩의 대표작《톰 존
스》(1749년)의 주인공이다(톰 르프로이는 그를 동경하며 그처럼 차려입었으나 하필 소화하기 힘든 흰

색 모닝코트를 입었다. 제인은 실망감을 애써 유쾌하게 표현했다 -옮긴이).

제인은 인접한 애쉬 목사관의 르프로이 가문의 조카인 톰 르프로이와의 연애에 대해 장난
스럽게 언급했다. 이 일이 제인에게 얼마나 중요한지 지금은 판단하기 어렵지만 르프로이
가문의 전통을 보자면 톰은 제인에게 못되게 굴었다.

'H. 씨'는 윌리엄 히스코트 목사를 말하는데 그가 '각별해지는 법'을 모른다지만 1798년 엘
리자베스 비그와 결혼했다. 제임스와 춤을 춘 알레시아 비그는 엘리자베스의 여동생이다.

♣ 당대 춤의 거장으로 불렸던 토머스 윌슨의 책 《컨트리댄스 연구》(1811년) 속
컨트리댄스의 다섯 가지 포지션. 당시 댄스는 예술의 일종으로 여겨졌다.
"우린 굿네스톤에서 식사를 하고 밤에 컨트리댄스를 두 번 추고 빵집에 갔어."
제인은 언니에게 상세히 보고했다.

1796년 1월 14일 목요일 스티븐턴

사랑하는 커샌드라 언니에게

이제 막 언니와 메리한테서 편지를 받았고 좋은 소식만 가득했으면 좋았겠지만 그래도 이렇게 편지를 보내 준 두 사람에게 감사해……

우리는 가여운 엘리자베스가 병에 걸린 걸 몹시 애석해하고 있어. 하지만 난 언니가 편지를 쓴 이후로 쭉 그녀가 나아지고 있다고 믿고 언니가 옆에 있어 주는 게 전혀 나쁘지 않다고 생각해……

내일 밤 애쉬에서 열리는 파티에 우리 쪽에서는 에드워드 쿠퍼, 제임스 오빠(빠지면 섭섭하지)를 비롯해 지금 우리와 같이 지내는 불러와 내가 참석할 거야. 그날 저녁에 내 친구한테서 춤을 추자는 제안을 받을 것 같아 아주 기대가 커. 그렇지만 거절해야 할 것 같아……

지난번 보낸 내 편지를 언니가 칭찬해 줘서 너무 기뻐. 난 오로지 명예를 위해 글을 쓰지 금전적인 보답을 바라는 게 아니니까……

메리에게 난 포기할 테니 하틀리 씨와 그의 자산, 향후 얻게 될 모든 유산까지 전부 다 가지라고 전해 줘. 그분뿐만 아니라 내가 동경하는 신사들까지

♦ 만찬 파티를 마치고 돌아오는 길의 풍경. 영국의 화가이자 삽화가 다이애나 스펄링의 1816년 작품이다. 파티는 보름달이 뜰 때와 종종 맞물렸고, 덕분에 돌아오는 길을 환하게 밝혀 주었다.

모조리 다 데려가도 좋다고 말이야. C. 폴렛이 해 주려던 키스도 넘겨줄게. 난 톰 르프로이와의 미래를 그리느라 그 키스를 거절했지만 정작 르프로이는 날 6펜스짜리로도 여기지 않아……

금요일. 드디어 내가 마지막으로 톰 르프로이와 희롱하는 날이 왔고 언니가 이 편지를 받을 무렵 그 관계는 끝나 있을 거야. 우울한 생각을 하며 편지를 쓰자니 눈물이 흘러(이 목요일 편지에 이어서 다음 날에 덧붙인 부분이다 -옮긴이). 엘리자베스의 병세가 어떤지, 언니가 언제 돌아올지 너무 궁금해. 목이 빠져라 답장을 기다리고 있을게.

사랑을 가득 담아서, *J. A.*

1796년 9월 15일 목요일 롤링

커샌드라 언니에게

마지막 편지 이후로 우리는 아주 즐겁게 지냈어. 내킹턴 하우스에서 저녁을 먹고 달빛을 맞으며 돌아왔고 모든 것이 아주 우아했어. 일요일에는 클레어링 볼드 씨의 장례식에 갔었지.

내킹턴에서는 다이닝 룸 벽난로 선반에 놓인 손데스 부인의 초상화를 보았고 대기실에서 그녀의 세 아이 사진도 구경했어. 그 옆으로 스콧 씨, 플레처 양, 토크 씨, J. 토크 씨, 부주교 린치 씨의 사진이 놓여 있었어. 플레처 양도 나처럼 어릴 때 통통했는데 그래도 내가 더 말랐다고 생각해. 그녀는 보라색 모슬린을 걸쳐 예뻤지만 옷이 안색을 밝혀 주진 못했어. 그녀의 성격에서 마음에 드는 점을 두 가지 꼽자면 그녀가 카밀라(1796년 출간된 프랜시스 버니의 소설《카밀라》속 여주인공으로 18세기 영국의 젊은 여성들 사이에서 크게 회자되었다 -옮긴이)를 동경하고 차에 아이스크림을 넣어 마시지 않는다는 거야……

우리는 마차 두 대에 나누어 타고 내킹턴으로 갔어. 우리가 어떻게 나눠 탔는지 언니가 한번 맞혀 봐. 엘리자베스를 간병하듯 유심히 살펴보면 알 거야. 난 모자나 보닛을 쓰지 않아서 의자에 앉는 건 그렇게 불편하지 않았어.

⚓ 내킹턴 하우스. 1795년에 제작된 판화. 리처드 마일즈 씨의 저택으로 가드머섐의 나이트 가문의 집과 인접해 있다.

우리가 비프론스에 들렀을 때 난 우울한 즐거움에 빠졌어. 한때 내가 점찍어 두었던 사람이 사는 곳이잖아……

에드워드 오빠와 프랭크 오빠는 어제 새벽 일찍 사냥 재킷을 차려입고 나가서 총을 한두 발 맞은 모양새로 집에 왔어. 둘 다 빈손이었지. 오늘도 나갔고 아직 돌아오지 않았어. 참 즐거운 스포츠야! 둘이 막 집에 돌아왔어. 에드워드 오빠는 두 쌍을, 프랭크 오빠는 두 쌍 반을 가져왔어. 참 쾌활한 남자들이야!

사랑을 가득 담아, J.A.

제인은 켄트에 사는 에드워드 오스틴을 방문했다. 내킹턴은 캔터베리의 하원의원인 리처드 마일즈의 소유다. 비프론스는 '한때 제인이 점찍어 두었던 사람'인 에드워드 테일러의 저택이다.

1798년 10월 27일 토요일 스티븐턴

친애하는 커샌드라 언니

언니의 편지는 오늘 나한테 엄청난 놀라움을 선사해 주었어. 고마움을 표현 하려고 지금 아주 긴 편지지를 꺼냈어……

난 지금 의기양양해. 어젯밤에 어머니의 아편 팅크제를 슬쩍 빼 봤어. 와인 창고와 옷장 열쇠를 내가 가지고 있는데 이 편지를 쓰는 동안 주방으로 가져 오라는 지시를 두 번이나 받았지 뭐야. 어제 우린 근사한 저녁 식사를 했어. 닭이 아주 부드럽게 잘 익었어. 그 점 때문에 난 보모를 내보내지 않을 거야.

셔번의 홀 부인이 어제 사산했어. 예상보다 몇 주 빨라서 부인이 겁을 먹었 지. 남편만 쳐다보느라 아이가 나오는 걸 몰랐나 봐.

언니가 돌보는 환자들에 대해 크고 작은 이야기를 들으니 아주 기뻐. 꼬맹이 도르디가 날 닮았다니 정말 기쁜걸. 바보처럼 기쁜 건 날 닮은 모습이 얼마

⚘ 소년들은 자랄 때까지 원피스를 입는데
이 삽화에서는 반바지 차림이다.
제인은 어린 조카들에게 애정 넘치는 고모였고
커샌드라에게 보내는 편지에서 그들이 커 가는
과정을 기록해 두었다. 〈갤러리 오브 패션〉
(독일 출신 판화가 니콜라우스 하인벨로프가 1794년
창간한 패션 잡지로 영국 섭정 시대에 큰 인기를 끌었다
-옮긴이)에서 발췌한 그림.

못 갈 걸 알기 때문이야. 꼬맹이에 대한 내 애정은 한층 단단해질 거야. 그 미모와 웃는 얼굴, 귀여운 행동을 떠올리면 마음이 약해지고 기뻐. 물론 몇 년이 지나면 잠시도 가만있지 못 하고 까부는 남자애가 되겠지만……

외숙모가 우리에게 다시 바스로 오라고 말해 줘서 정말 고맙다고 생각했어. 친절은 그 이상으로 보답해야 마땅해.

언니의 벗, *J. A.*

🜊 '도르디'는 에드워드 오스틴의 둘째 아들 조지를 말하며 당시 약 세 살이었다. 제인의 편지에 등장하는 '외숙모'와 '외삼촌'은 대부분 리 패럿 부부를 지칭한다. 리 패럿 씨는 오스틴 부인의 유일한 남자 형제다.

1798년 11월 17일 토요일 스티븐턴

사랑하는 커샌드라 언니에게

지난번에 보낸 내 편지의 말미를 주의 깊게 봤다면 이 편지를 받지 않아도 언니는 벌써 만족하고 있을 거야. 어머니의 병이 재발하지 않았거든……

지난 수요일에 르프로이 부인이 왔었어…… 집에 나 혼자뿐이라 모든 이야기를 열렬히 들어 줄 수 있었는데 부인은 자기 조카(톰 르프로이를 의미한다 - 옮긴이)에 대해서 한마디도 하지 않고 친구 이야기만 조금 하고 말더라고. 이 정도면 언니도 충분히 짐작할 수 있을 거야. 조카의 이름을 전혀 입에 올리지 않으니 내가 묻기도 좀 그렇잖아. 나중에 아버지가 그가 어디에 있는지 물었고 변호사 자격을 따고 경력을 쌓으려고 아일랜드로 돌아가는 길에 런던에 머물고 있다는 소식을 알게 됐어.

부인이 몇 주 전 친구에게서 받은 편지를 내게 보여 줬는데 마지막에 이런 문구가 적혀 있었어. "오스틴 부인이 편찮으시다는 소리를 들으니 참으로 유감입니다. 이번을 계기로 그 가족과 지인 사이로 발전할 기회가 생겼다는 점이 특히 기쁘지만 말입니다. 내가 그들의 가까운 사람이 될 거라는 희망을 품고 말이지요. 하지만 지금 상황에선 어떤 기대도 마음껏 해선 안 된다는 걸 압니다." 이거면 충분하다고 봐. 애정보다 이성이 앞서 있잖아. 그 반대인 경우도 많은데. 그래서 난 아주 만족해. 일이 잘 풀릴 것 같고 아주 합당한 방식으로 거절할 수 있을 것 같아……

J. A.

🌿 르프로이 부인의 세밀화. 그녀가 갑작스럽게 세상을 떠난 뒤로 제인은 오랫동안 깊은 슬픔에 잠겨 있었다. "사랑하는 친구, 우리의 눈앞에서 너를 앗아가 버린 세월이 벌써 4년이나 흘렀건만." 유일하게 진지한 문제로 쓴 시에서 제인이 이렇게 적었다.

🌿 르프로이 부인의 친구는 새로운 구혼자인 새뮤얼 블랙올 목사다. 호언장담했지만 그는 상대의 애정을 얻는 데 실패했다.

콜린스 씨의 청혼 _〈오만과 편견〉 중에서_

"이 집에 들어서는 순간, 난 당신을 내 미래의 동반자로 정했어요. 하지만 이 주제에 대한 감정에 휘둘리기에 앞서 내가 결혼하려는 이유를 먼저 언급하는 게 좋을 것 같군요. 게다가 내가 아내를 고르기 위해 하트퍼드셔로 오게 된 것까지 생각하면 확실히 그래야 하죠……"

"내가 결혼하려는 이유는, 첫째, 나처럼 안락한 환경에 있는 모든 성직자가 자기 교구에 결혼의 모범을 보이는 것이 타당하다고 여기기 때문입니다. 둘째, 결혼이 내 행복을 아주 크게 향상시킬 거라 확신하고 있기 때문이죠. 그리고 세 번째는 아마도 내가 미리 말했어야 하는데 매우 고매한 여성 후원자께서 특별히 조언과 충고를 해 주셨기 때문입니다. 이 일에 대해 두 번이나 내게 언질(묻지도 않았는데!)을 주셨고 헌스퍼드를 떠나기 전 토요일 밤 카드리유를 하는 사람들 틈에서 젠킨슨 부인이 드버그 양에게 풋 스툴을 가져다주는 동안 말씀하셨어요. '콜린스 씨, 당신은 결혼해야 해요. 당신 같은 성직자는 반드시 결혼해야 해요. 내 위신에 먹칠하지 않을, 제대로 된 우아한 여성을 골라요. 그리고 당신을 위해서도 활달하고 쓸모 있는 여성을 선택하세요. 많을 필요는 없지만 조금은 수입을 내서 도움이 될 수 있도록 말이죠.'"

1798년 12월 1일 토요일 스티븐턴

커샌드라 언니에게

서둘러야 하지만 이렇게 다시 언니한테 편지를 쓰게 되어 기뻐. 방금 프랭크 오빠한테서 소식이 들어와서 말이야. 오빠가 카디스에 무사히 잘 있다고 10월

19일에 알려 왔고 최근에 언니한테서 편지를 받았는데 아주 오래전의 것이었다고 해. '런던'이 세인트헬렌스(영국 중서북부 도시로 산업 혁명 때 크게 활기를 띠던 곳 -옮긴이)에 붙어 있었던 시절처럼……

어제 오후에 어머니는 기뻐하는 사람들 틈을 뚫고 옷방으로 들어갔고 우리 모두 최근 5주 만에 처음으로 같이 차를 마셨어. 어머니는 밤에 잘 주무셨고 오늘도 마찬가지로 활기찬 모습을 계속 보여 주셔……

메리는 나처럼 일을 처리하는 능력이 없어. 자기 용모도 제대로 다듬을 줄 몰라. 잘 때 입을 가운도 없고 커튼은 계절에 어울리지 않게 너무 얇고 따뜻해 보이지도 않아. 그런 상황을 제대로 고쳐 낼 미적 감각도 없어. 엘리자베스는 청결하고 근사한 모자를 갖춰 쓰고 항상 깔끔한 흰 원피스를 입어서 정말 예뻐. 우리는 지금 완전 옷방에서 살다시피 한다니까……

새로 들어온 하녀를 모두가 좋아하고 있어. 유제품이 뭔지 전혀 모르고 확실히 우리 가족과 성향이 다르지만 그녀에게 전부 가르쳐 줄 거야. 간단히 말

↓ 버터를 만드는 여성.
스티븐턴에서 오스틴 가족은 직접 기른 소의 젖을 짜서 버터를 만들었다. 자급자족 사회에서는 중요한 활동이다.

하자면 우리는 오랫동안 하녀를 두지 않아 불편함을 느꼈기에 이참에 그녀를 좋아하기로 했어. 그녀는 우리가 좀처럼 불쾌해하지 않는 사람들이라는 걸 알게 될 거야.

애정을 담아, *J. A.*

❧ 칠칠찮은 메리는 제임스의 아내다. 더 잘 꾸미고 사는 엘리자베스는 에드워드의 아내다.

⚜ W. H. 파인의 책《소우주》(저자 본인의 생애와 작품, 영국의 시골에 대한 면밀한 관찰 등을 담은 전기로 1806년에 출간되었다 ─옮긴이)에서 발췌한 가사 도우미의 모습. 오스틴 가족과 같은 가정에서 하녀는 여러 분야에 능숙해야 했다.

1798년 12월 18일 화요일 스티븐턴

사랑하는 커샌드라 언니에게

언니의 편지는 내 예상대로 일찍 도착했고 앞으로도 쭉 그럴 것 같아. 왜냐하면 편지가 오기 전까지는 기대하지 않기로 내가 규칙을 정했거든. 그게 우리 둘 모두에게 좋을 것 같아서……

며칠 전에 짬이 나서 언니의 블랙 벨벳 보닛의 베일을 떼어 내 꾸준히 작업하는 중이야. 너무 **과해지기** 전에 내 모자에 엄청난 우아함을 더해 줄 수 있을 것 같아. 화요일에 그 모자를 쓸 생각인데 장식을 조금만 달라는 언니의 조언을 따르지 않았다고 상처받지는 말아 줘. 모자 주변으로 얇은 은색 리본 줄을 두 번 감을 생각인데 리본 모양은 하지 않을 거야. 세련되게 보이려고 양귀비 대신 검은 군용 깃털을 꽂을까 해. 양귀비는 지금 엄청 유행 중이라 너무 흔하거든. 무도회가 끝나면 보닛을 아예 검은색으로 만들까 싶어……

⬇ 〈갤러리 오브 패션〉
1798년 11월 호에 실린 여성들의 모습. 왼쪽의 여성은 양귀비 무늬 실크 드레스 위로 손수건 같은 숄을 걸쳤다. 이 붉은색이 당시 최신 유행이었다.

마틴 부인한테서 1월 14일에 여는 자기 도서관에 구독자로 내 이름을 올려도 되냐는 아주 근사한 전갈을 받았어. 내 이름 아니면 언니 이름을 올려도 좋아. 어머니는 돈이 문제라고 하셨어…… 마틴 부인의 구독자가 되는 건 그녀의 컬렉션이 소설뿐 아니라 모든 종류의 문학 등을 보유하고 있다고 알려 주기 때문이지. 그녀가 우리처럼 소설을 많이 읽고 그 사실을 부끄러워하지 않는 척 연기하지 않았더라면 좋았을 텐데……

우리는 이제 3시 30분에 식사를 하고 언니가 저녁을 먹기도 전에 마무리해. 그리고 6시 30분에 차를 마셔. 언니가 우릴 싫어할까 봐 걱정돼. 아버지는 밤에 우리에게 쿠퍼의 시를 읽어 주시고 난 틈틈이 듣고 있어. 언니는 저녁 시간을 어떻게 보내? 엘리자베스를 돌보고 그녀에게 책을 읽어 주고 그린 다음에 에드워드 오빠는 자러 가겠지. 어머니는 계속 원기 왕성하시고 식욕도 괜찮고 밤에 아프지도 않으셔. 하지만 식사량이 아직 꾸준하지 않고 가끔은 천식, 가슴의 수종과 간 질환을 호소해서……

수요일. 난 마음을 바꿔서 오늘 아침 내 모자의 가장자리 장식을 바꿨어. 이제 언니가 제안한 것과 같은 모습이 됐지. 언니가 알려 준 대로 하지 않았다면 망했을 거야. 덕분에 모자를 쓰니 한층 레이디 커닝엄처럼 근사해 보여.

일단 소식은 여기까지야. J. A.

레이디 커닝엄은 섭정 왕자의 정부로 엄청난 영향력을 행사했다. 섭정 왕자는 당시 영국의 왕 조지 3세의 장남으로, 아버지의 건강 문제 때문에 상당 기간 섭정을 맡았다(1811~1820년). 후에 조지 4세가 된다.

1798년 12월 24일 월요일 밤 스티븐턴

소중한 커샌드라 언니에게

우리의 무도회는 아주 소박했지만 그렇다고 재미가 없지는 않았어. 31명이 참석했고 11명이 여성이었는데 그중 미혼은 다섯뿐이었지. 내 파트너들의 이름을 들으면 어떤 신사들이 왔었는지 짐작이 갈 거야. 우드 G. 르프로이 씨, 라이스, 버치 씨(템플 씨와 같이 온 선원인데 11대대 라이트 드라군 소속은 아니야), 템플 씨(전혀 끔찍하지 않았어), Wm. 오데 씨(킹스클레어에서 온 남성의 사촌), 존 하우드 씨, 그리고 언제나처럼 손에 모자를 들고 나타나서 간간이 캐서린과 내 뒤에 서서 이야기하면서 춤은 추려 하지 않은 컬랜드 씨. 하지만 우리가 놀리는 통에 그는 결국 춤을 추고 말았어. 오래동안 떨어져 있다가 그렇게 다시 보니 너무 좋았어……

20명이 춤을 췄고 난 그들 모두와 춤을 췄는데 전혀 피곤하지 않았어…… 내

❖ 〈갤러리 오브 패션〉1800년
4월 호에 실린 연회용 드레스를
입은 네 여성의 모습.
제인은 짧은 머리 유행을
늘 반기는 편은 아니었다.
"애나는 이 집에 사는 여러 명이
그녀의 자른 머리를 아쉬워하는
걸 보고 놀라지 않을 거야.
2~3년이 지나면 머리가 다시
자랄 거라는 생각으로 난
어느 정도 위안 삼을 거야."

❖ 19세기 초 한 무리의 여성을
펜과 수묵화로 담아낸 작품.
의상에 쓸 돈이 적은 제인에게
작년에 쓴 모자의 테두리를
새로 고치는 일은 매우 중요했다.

검은 모자를 보고 르프로이 부인이 대놓고 감탄하기에 난 속으로 이곳에 모인 모두가 그렇게 생각할 거라고 뿌듯해했어……

집에 돌아오고 난 뒤로 가난한 사람들을 돕는 활동을 꾸준히 하고 있으니 믿어도 좋아. 털실 스타킹 한 벌을 메리 허친스, 데임 큐, 메리 스티븐스, 데임 스테이플스에게 줬어. 해나 스테이플스에게는 시프트 원피스를, 베티 토킨스에게는 숄을 줬어. 그 전부를 사는데 반 기니가 들었어……

오늘 딘에서 저녁 식사를 하기로 했는데 날이 너무 추워 취소했고 눈이 내리는 걸 보며 집에 있는 것도 그다지 나쁘지 않아. 금요일에 다시 식사할 거야. 딕위드 3명이랑 제임스 오빠와 함께. 우린 친절하고 조용하게 굴어야 해.

더 길게 편지를 쓰고 싶은데. 내 불행한 운명이 그러지 못하게 막고 있어……

하느님의 은총이 있기를!

애정을 담아, 제인 오스틴

❧ 딕위드 가족은 제인의 스틴브턴 집에 함께 사는 세입자들이다. 무도회에서 제인이 춤을 췄던 상대들은 이웃들이고 컬랜드 씨만 예외로, 그는 벤트워스의 교구 목사로 추정된다.

다아시가 춤추기를 거절하다 _〈오만과 편견〉 중에서_

엘리자베스 베넷은 신사들이 모자라 어쩔 수 없이 두 번의 댄스 동안 자리에 앉아 있었다. 그사이 다아시가 서서 빙리와 대화를 나누고 있고 그들의 거리가 엘리자베스와 가까워 그녀는 우연히 대화를 엿듣게 되었다. 빙리는 몇 분 동안 춤을 추고 난 뒤에 친구에게 같이 추자고

권하러 온 거였다.

"같이 가, 다아시." 빙리가 말했다. "자네를 꼭 춤추게 해야겠어. 바보처럼 이렇게 혼자 서 있는 꼴을 보기 싫단 말이야. 자네는 춤추고 있는 쪽이 훨씬 나아."

"난 절대 안 출 거야. 특별히 파트너와 친분이 있지 않은 한. 내가 춤을 얼마나 싫어하는지 자네도 알잖아. 게다가 이런 무리 속에서는 정말 참을 수 없어…… 자네는 이 무도회장에서 유일하게 아름다운 아가씨와 춤을 추고 있잖아." 다아시가 이렇게 말하며 첫째 베넷 양을 쳐다봤다.

"아! 그녀는 내가 만난 가장 아름다운 여성이야! 하지만 자네 바로 뒤에 앉아 있는 그녀의 여동생도 예쁜데, 단언컨대 아주 괜찮아……"

"누구를 말하는 거야?" 다아시는 몸을 돌리고 잠시 엘리자베스를 쳐다보다가 시선이 마주치자 눈길을 거두고 차갑게 말했다. "나쁘지는 않아, 하지만 내 구미가 당길 정도로 예쁜 건 아니야. 난 다른 남자들에게 괄시를 받는 아가씨에게 눈길을 줄 만큼 지금 기분이 좋지는 않아. 자네는 어서 가서 파트너의 미소나 감상해. 여기서 나랑 시간 낭비하지 말고."

빙리는 친구의 충고를 따랐다. 다아시는 자리를 떴고 엘리자베스는 그에게 그리 좋지 않은 감정을 느꼈다. 그렇지만 그녀는 친구들에게 엄청난 열성으로 이 이야기를 들려주었다. 그녀는 어떤 터무니없는 일도 웃어넘길 수 있는, 생기 넘치고 쾌활한 성품의 소유자인 것이다.

1798년 12월 28일 금요일 스티븐턴

커샌드라 언니에게

프랭크 오빠가 해냈어. 어제 중령으로 승진해서 페테럴 범선으로 임명받고 지금 지브롤터에 있대. 언니는 기뻐서 눈물을 흘리겠지, 그렇게 하면서 나머지 소식도 들어. 인도 공관이 **오스틴 중령**의 탄원서를 받아들이기로 했대. 이건 데이시가 알려 준 소식이야. 마찬가지로 찰스 존 오스틴 중위가 **타마**의 구축함으로 이동했다는 소식을 제독한테서 들었어. 우리는 그곳이 어딘지 찾지 못했지만 어쨌든 찰스가 거기 있다는 걸 알게 된 것에 희망을 품고 있어.

⚓ 제인의 훌륭한 해군 남자 형제 중 오빠인 프랜시스(프랭크) 오스틴의 세밀화. 제인은 그와 편안한 관계를 유지했다. "오빠가 계속 미모를 유지하고 빗질을 하길 바라. 대신 모든 털을 다 빗진 말고." 제인이 유머러스하게 적었다.

이 편지는 전적으로 좋은 소식만을 전하는 용도야. 언니가 빨래와 편지 등에 쓰는 비용을 아버지에 알려 주면 아버지가 어음을 보내 주실 거야. 다음 분기에 필요한 자금과 에드워드 오빠의 방세까지 다 포함해서. 용돈을 받는 데다 프랭크 오빠가 승진한 기쁜 날을 기념해 모슬린 가운을 사지 않는다면 난 언니를 용서하지 않을 거야.

1월 8일에 열릴 무도회에 레이디 도체스터가 날 초대했어 르프료이 부인이 방금 전해 준 소식이야. 앞에 전한 소식들과 비교하면 참으로 소박한 은총이지만 말이야. 난 어떤 나쁜 생각도 하지 않아. 이만 줄일게. 언니를 충분히 행복하게 만들었으니 만족스러운 마무리가 되겠지.

사랑을 담아, *제인*

1799년 1월 8일 화요일 스티븐턴

친애하는 커샌드라 언니

언니는 편지를 보내기 전 분명 **다섯** 번도 넘게 읽어 볼 거고 아마 나처럼 즐
거워할 테지. 나도 여러 부분에서 웃음을 터트렸고 지금부터 대답해 줄게……
언니는 내가 애쉬 파크 콥스(베이싱스토크와 딘에 걸쳐 있는 숲 -옮긴이)에서 헐버
트 부인의 하인한테 살해당할까
봐 살짝 걱정했잖아. 내가 그렇게
되었는지 아닌지는 말해 주지 않
을 거야. 그날 밤 혹은 그다음 날에

🌢 〈갤러리 오브 패션〉 1796년 1월 호에
실린 모슬린 드레스를 입은 여인의 모습.
가지 무늬 혹은 물방울무늬의 모슬린
천의 수요가 엄청났다. 제인은 '작은 붉은
물방울무늬가 있는 아름다운 색의
모슬린'을 원했고 그걸 사다가 자신과
커샌드라가 입을 옷을 지었다.

도 집으로 돌아가지 않았다는 사실만 알려 줄
게. 마사가 친절하게 자기 침대에 자리를 마련
해 주었어. 새 놀이방에 있는 접이식 침대야.
보모와 아이는 바닥에서 자기로 했고 우리 모
두가 살짝 당황했지만 아무튼 편안했어. 침대
는 우리보다 한참 커서 둘이 누워 새벽 2시까
지 수다를 떨다가 곯아떨어졌어. 난 여느 때
보다 마사를 더 아끼게 되었고 그녀가 집에
올 때면 가능한 한 나가서 만나고 싶어……
에드워드 오빠의 수입이 아주 좋다는 소리를
들으니 참 기뻐…… 나이트 부인이 가드머섐
영지를 오빠에게 양도한 건 관대한 행동이라
고는 볼 수 없어. 부인은 여전히 그 영지에서
나오는 소득을 보유하고 있으니까. 이 점을
알아야 하고 그녀의 행동이 과대평가되지 않
길 바라. 난 에드워드 오빠가 그런 짐을 받아
들이면서 부인이 은퇴할 수 있게 배려한 부분
이 가장 관대한 행동이라고 생각해……
요즘은 주로 매니다운에서 열리는 파티에 참
석하며 아주 유쾌한 저녁을 보내고 있어. 작년
과 정찬이 비슷하고 의자도 마찬가지야. 연회
장에 수용 가능한 적정 인원보다 더 많은 사람

↓ 에드워드 오스틴 나이트의
초상화. 고전적인 부조 세공이
그가 상류 지주 계층과 귀족
자제들이 종종 하는 유럽 순회
여행 중임을 넌지시 알려 준다.

들이 와서 춤을 췄고 시간과 상관없이 훌륭한 무도회를 보여 주었어.
난 요청을 많이 받진 못했어. 어쩔 수 없는 경우가 아닌 이상 내게 춤추자고

♦ 에드워드 오스틴 나이트와 그의 대가족이 사는 가드머섬의 풍경. 영국의 건축가 J. P. 닐의 《귀족과 신사의 영지》(1826년) 속 판화.

권하진 않더라고. 항상 특별한 이유가 있는 것이 아니라 그냥 상황에 따라서 말이야. 체서 출신의 한 장교가 있었는데 아주 미남으로 무척 날 소개받고 싶었대. 하지만 그 말이 진짜일 만큼 충분히 날 원한 건 아니었나 봐. 우리는 결코 대화를 나누지 못했으니까……

언니가 〈첫인상〉을 다시 읽고 싶어 하는 걸 알아. 다 읽은 적이 좀처럼 없고 아주 오래전에 보고 말았으니까……

오늘 이 편지를 우체국에 가서 **부치면** 난 인간으로서 더할 나위 없는 행복에 정점을 찍을 거고 번영의 햇살을 한 몸에 받거나 언니가 좋아할 만한 언어로 된 다른 즐거운 센세이션을 얻겠지. 편지지를 가득 채우지 못했다고 토라지지 않길 바라……

애정을 담아서, *J. A.*

꿇 마사 로이드는 제임스 오스틴 부인인 메리의 여자 형제다. 나이트 부인은 가드머섬 영지를 에드워드에게 넘겨주고 2,000파운드의 연금을 받았다. 이 편지에서 《오만과 편견》이 될 소설 〈첫인상〉이 처음으로 등장했다.

커샌드라 언니에게

난 언니한테 편지 두 통을 신세 졌어. 하나는 언니가 보낸 것에 대한 답장이고 다른 하나는 메리한테서 온 소식을 전하는 건데 어제 언니의 편지를 받기 전까지 메리한테 소식이 온 지도 몰랐거든……

에드워드 오빠에 대해 언니에게 무엇을 알려 줘야 할까? 진실 혹은 거짓? 난 전자를 택할 거고 다음번엔 언니가 선택하는 걸로 해. 오빠 2~3일 전보다 어제 한층 나아져서 스티븐턴에 있을 때와 비슷해졌어. 헤틀링 펌프에서 물을 마시고 내일 목욕을 하고 화요일에 전기 치료를 받을 거야. 스스로 펠로우즈 박사님에게 그렇게 제안했고 선생님은 반대하지 않았지만 난 우리 모두가 그래 봐야 소용없다고 무언으로 전하는 중이라고 생각해……

어제 바스 거리에 있는 상점에서 1야드에 고작 4실링 하는 거즈를 봤는데 내가 가진 것만큼 예쁘거나 품질이 좋진 않았어. 이곳은 꽃들이 아주 많이 시들었고 과일도 여전히 더 비싸. 엘리자베스는 딸기 한 꾸러미를 샀고 난 포도, 체리, 자두, 살구를 봤어. 상점에 아몬드와 건포도, 프랑스 자두와 타마린드도 있었지만 아무것도 사지 못했어……

우리는 6시부터 8시까지 비컨 힐에서 우아하게 산책하고 샬콤의 마을로 가는 들을 가로지르는데 작은 녹색 계곡에 자리한 그곳은 이름처럼 근사한 마을이야…… 노스 양과 굴드 씨가 함께 걸었어. 굴드 씨는 차를 마시고 돌아오는 길에도 나와 동행했어. 그는 젊은 청년으로 이제 막 옥스퍼드에 들어갔고 안경잡이에 《에블리나》(영국 소설가 프랜시스 버니의 데뷔작. 1778년 출간돼 큰 인기를 끌었다 -옮긴이)를 새뮤얼 존슨 박사가 썼다고 알고 있는 거 있지……

화요일 밤에 시드니 가든스에서 성대한 행사가 열려. 음악회에 일루미네

⬇ 킹스 바스와 펌프 룸이 담긴 스케치. (바스는 온천이 유명한 도시로 '목욕'을 뜻하는 'bath'에서 지명을
따왔으며 각종 온천 시설이 잘 갖추어져 있다. 킹스 바스는 고대 로마인이 만든 온천장 '로만 바스' 내 시설 이름으로,
왕이 몸을 담그던 욕장을 뜻한다. 펌프 룸은 일종의 응접실 같은 공간으로 목욕 후 티타임을 즐기는 곳이다 -옮긴이)
멀리 바스 수도원이 보인다. (왼쪽)

⬇ 샬콤 교회를 담은 스케치. 제인은 "우아하게 산책하고 샬콤의 마을로 가는 들을 가로지르는데
작은 녹색 계곡에 자리한 그곳은 이름처럼 근사한 마을이야……"라고 편지에 썼다. (오른쪽)

이션과 불꽃놀이라니. 엘리자베스와 나는 불꽃놀이를 기대하고 있고 음악
회도 평소보다 끌리는 건 그곳이 소리가 충분히 퍼질 정도로 큰 곳이라서
야…… 마사와 르프로이 부인이 우리 모자 패턴을 갖고 싶다고 말해서 난 정
말 기쁘지만 언니 것을 그들에게 줘야 하는 건 그리 기쁘지 않아. 만연한 소
망은 모두의 마음을 동하게 하고 이 점을 감사하면서 그 절반에도 미치지 않
는 순수한 다른 소망도 가져야 하겠지. 프랭크 오빠한테 편지를 쓰는 걸 잊
지 말아야겠어. 일과 애정 전선이 어떤지 등등에 대해서 물어볼 거야.

애정을 담아, 제인

⚜ 제인은 자신과 오스틴 부인이 에드워드와 엘리자베스 오스틴과 함께 머무는 바스에서 이
편지를 썼다. 에드워드는 막 시작된 통풍에서 벗어나려고 다양한 시도를 하는 중이었다.

커샌드라 언니에게

《르 뷔예 드 샤토》(18~19세기 프랑스 소설가 장리스 부인의 낭만주의 시대 프랑스 소품 모음집. 세간에서 화제가 되었던 단편 소설, 희곡, 시 등을 수록하고 있다 -옮긴이) 1권을 지금 막 끝낸 참이라 내 마음속에 전할 생각들이 남아 있는 동안 편지를 쓰는 게 좋을 것 같아 펜을 들었어……

내 원피스를 입지 말라고 언니한테 말하진 못하겠는데 중요한 자리에 입을 용도로 만든 거고 욕을 먹어도 내 책임이니 후회는 덜할 것 같아. 언니 스스로 그 옷을 좋아할 방법을 찾고 가드머셤에서 입어 주길 바라. 어려울 건 없을 거야. 너무 과하지 않은 디자인이니 언니도 곧 그렇게 생각하게 될 거야.

어제는 정말 엄청난 하루였어. 메리가 비를 뚫고 날 베이싱스토크로 데려갔고 돌아올 때는 비가 더 심하게 퍼부었어. 우리가 딘으로 돌아온 직후에 갑작스러운 초대가 있어서 사륜 역마차가 우릴 애쉬 파크로 데려가 홀더 씨, 건틀렛 씨, 제임스 딕위드와 마주 앉아 저녁 식사를 하기로 했어. 하지만 마지막에 언급한 두 사람이 참석하지 않아 식사 시간이 크게 줄어들었지. 간간

⚓ 마차 제작공인 윌리엄 펠턴의 〈마차에 관한 논문〉(1794년)에 등장하는 사륜 역마차. 그는 "역마와 함께 이곳저곳을 다니는 가족들이 직접 사륜 역마차를 몰았다"고 기록했다. 그러나 고급스럽게 치장하는 데는 엄청난 경비가 들어간다.

이 우리는 담소를 나누고 잠시 조용히 있었어. 난 즐거운 말을 두세 가지 건넸어……

언제나 언니 편에서, J. A.

일요일 저녁. 하루의 절반을 끔찍한 폭풍우 속에서 보냈고 우리 나무들이 엉망이 되었어. 나 홀로 다이닝 룸에 있는데 이상한 굉음이 나서 놀랐어. 그 직후 다시 반복해서 소리가 들렸어. 그래서 창가로 가 보니 그 순간 값비싼 느릅나무 두 그루가 넘어지고 있는 거야!!!!!

그게 다가 아니야. 내가 느릅나무 산책로라고 부르는 곳의 더 큰 느릅나무가 왼쪽에 자리하고 있는데 그것도 마찬가지로 바람에 쓰러졌고 풍향계를 지탱하고 있던 5월제 기념 기둥도 반토막이 났어. 무엇보다 가장 안타까운 건 홀의 초원에서 자라던 근사한 느릅나무 세 그루가 완전히 사라져 버린 거야……

에드워드 테일러가 사촌 샬럿과 결혼한다는 소리가 사실이길 바라. 그러면 아름다운 검은 눈동자가 적어도 그들의 혈통 안에서는 다음 세대로 이어질 테니까.

1800년 11월 12일 수요일 저녁 스티븐턴

친애하는 마사 로이드에게

어제 샬럿이 딘으로 떠난 후에야 네 전갈을 받았어. 안 그랬다면 그녀를 통해 내 대답을 전했을 텐데. 어쩔 수 없이 지금 허스트본 무도회에 입고 갈 3펜스는 족히 될 새 드레스를 단장할 너의 귀중한 시간을 잡아먹고 말

♣ 당대 영국의 예술, 문학, 패션의
보고였던 〈리포지터리〉(출판업자이자
사업가였던 루돌프 아커만이 1809년
창간한 잡지 -옮긴이) 1809년 2월 호에
올라온 무도회 드레스 패턴.
"기성복으로 살 수 있으면 좋겠어."
제인은 이렇게 투덜거렸다.
"어느 것이 좋은지 알려 줄 표본이
있다면 내가 방향을 정하는 데
어려움이 없을 텐데."

앉네……

책을 가지고 오라니, 참 잔인하고 고통스
러운 말이야. 가져갈 만한 것이 아무것도
생각나지 않고 우리가 책을 읽고 싶어 할
지도 전혀 감이 잡히지 않아. 난 책을 읽거
나 읽는 걸 들으려는 게 아니라 너와 이야
기를 하러 가는 거야. **독서는** 집에서도 할
수 있으니까. 그리고 지금 내 몫의 대화를
위해 너에게 쏟아부을 지식을 차곡차곡
쌓는 중이라고. 헨리 왕의 영국사에 대해
읽고 있고 원한다면 어떤 식으로든 알려
줄게. 알기 쉽게 혹은 두서없이, 제약 없이
혹은 역사학자가 직접 일곱 부분으로 나
눈 부분에 따라 인용해 줄 수도 있어. 문
무 관료, 종교, 헌법, 학습과 지식인, 예술
과 과학, 상업 화폐와 선적, 매너까지. 그
래서 일주일 저녁 내내 각기 다른 주제로
말할 수 있어. 금요일은 상업 화폐와 선적
에 대해 이야기할 거라 네가 별로 재미없
어하겠지만 다음 저녁에는 좀 변화를 줄
거야.

사랑으로 이어진 우리 사이에
애정을 듬뿍 담아, *J. A.*

1800년 11월 20일 목요일 스티븐턴

커샌드라 언니에게

오늘 아침 언니의 편지에 난 적잖이 당황했어. 그렇지만 언제든 환영이고 항상 언니에게 고마워하고 있어. 어젯밤 허스트본에서 와인을 너무 많이 마셨나 봐. 오늘 이 떨리는 손으로 다른 무얼 할 수 있을지 모르겠어. 불확실한 글속 사소한 실수는 언니가 눈감아 주길 바랄게……

즐거운 저녁이었어. 테리 양이 오지 않았지만 찰스는 파티를 즐겼어. 지금은 그녀에 대한 마음이 완전히 달라졌다는 것만 알 수 있는데, 그 이유에 대해서는 확실히 모르겠지만 어쨌든 그에게는 잘된 일이야. 춤춘 사람은 12명뿐이었고 나도 아홉 번 춤을 췄고 파트너를 원하는 나머지 사람들을 위해 춤을 안 추려고 했어…… 예쁜 여성이 거의 없었고, 있다고 해도 미인이라 보기 어려웠지. 이래몽거 양은 외모가 별로였고 블런트 부인이 유일하게 인기가 있었어. 그녀는 9월과 똑같은 모습으로 나타났어. 똑같이 넙데데한 얼굴에 다이아몬드 머리띠, 흰 구두, 얼굴이 발그레한 남편, 살찐 목까지……

♣ 이기만의 〈리포지터리〉 1810년 1월 호에 등장한 신사의 정장 차림. 매우 가벼운 코르보(corbeau, 까마귀의 젖은 깃털 색이라고 일컫는 초록빛을 띤 검은색 -옮긴이) 컬러 코트, 흰색 조끼에 연한 세이지 그린 혹은 크림색 캐시미어 반바지로 이루어져 있다. 이와 대조적으로 제인은 톰 르프로이의 모닝코트가 "지나치게 밝다"고 지적했었다.

애쉬에서 보낸 월요일은 아주 즐거웠어. 14명이 서재에서 밥을 먹었어. 다이 닝 룸은 폭풍의 여파로 굴뚝이 무너져 있을 곳이 못 되었거든. 브램스턴 부 인은 터무니없는 이야기를 풀어 댔고 브램스턴 씨와 클러크 씨는 그 이야기 를 엄청 즐기는 듯 보였어. 휘스트 카드 게임과 카지노 테이블을 차렸고 외 부인은 6명이었어. 라이스와 루시는 사랑을 나누었고 맷 로빈슨은 잠이 들 었고, 제임스와 오거스타 부인이 번갈아 가며 제너 박사가 쓴 종두법에 관한 책을 읽었고 난 모두가 듣도록 도왔어……

딕위드 가의 세 사람이 모두 화요일에 왔고 우리는 당구를 쳤어. 제임스 딕 위드가 오늘 햄프셔를 떠났어. 그는 분명 언니를 사랑하는 것 같아. 언니가 파버섬 무도회에 가는 걸로 불안해하고 마찬가지로 언니가 이곳에 없다는 슬픔에 느릅나무 두 그루가 쓰러졌다고 말하는 것으로 봐서 말이야. 아주 용 감한 생각 아니야?……

이만 줄일게. 찰스가 언니에게는 최고의 사랑, 에드워드 오빠한텐 최악의 사 랑을 전해 달래. 차이가 너무 크다고 생각하면 최악 쪽을 골라도 돼. 찰스가 배로 돌아가면 언니한테 편지를 쓸 거고 그동안은 날 언니의 가장 애정 어린 여동생으로 여겨 줘.

J.A.

찰스는 이제 내 가운을 좋아해.

오거스타 브램스턴 부인은 《이성과 감성》, 《오만과 편견》을 '완전 허튼소리'라 평하고 《맨 스필드 파크》가 더 낫다고 했다. 그녀는 첫 권을 다 읽고 최악의 책을 끝냈다는 점에서 스 스로 자랑스러워했다.

1801년 1월 3일 토요일 스티븐턴

친애하는 커샌드라 언니에게

마지막으로 편지를 보내고 난 뒤로 지금쯤 내가 새 편지를 쓸 거라 생각하겠지……

어머니는 언니만큼 우리가 하녀를 2명 부리길 바라고 있어. 비밀리에 생각하지 않는 사람은 아버지뿐이야. 우리는 꾸준히 일해 줄 요리사와 어리고 활발한 하녀를 둘 생각이야. 요리사는 차분한 중년 남성으로 남편이자 요리사로 두 가지 일을 할 수 있는 사람이어야 하고, 하녀는 싹싹한 아이여야 하겠지. 어느 쪽이든 자식이 있어서는 곤란해……

이제 난 편지 쓰기의 진정한 묘미가 뭔지 알게 됐어. 그건 늘 상대에게 말로 하던 걸 고스란히 종이에 옮기는 거야. 그러니까 난 이 편지에서 최대한 빨리 언니에게 이야기하는 중인 거지……

어머니는 바스에 있는 우리 집에 가구를 채우는 건 전혀 문제가 없을 거라고 보고 있고 난 언니가 전부 관여하는 데 찬성해. 처분해야 할 가구가 난 더 걱정이야. 우리는 이 동네에 충분히 오래

⚘ 파인의 책 《미니어처 월드》(1827년)에 수록된 하녀의 모습.

살았고 베이싱스토크 볼스는 확실히 하락세야. 어디론가 움직이는 건 분명 흥미로운 일이지. 앞으로 여름을 바닷가나 웨일스에서 보낼 생각을 하니 아주 기뻐…… 하지만 시골 생활을 포기해야 하는 것이 엄청나게 큰 희생이 아니라는 부분과 우리가 남기고 떠나는 이들에 대한 연민이나 관심이 전혀 없지 않다는 점이 크게 드러나지 않았으면 해.

아버지는 십일조를 올리는 등 권한을 총동원해서 수입을 늘리려고 애쓰고 있고 난 1년에 600파운드를 채 받지 못하는 걸 알지만 절망하지 않아. 바스에서 끌리는 지역이 어디야? 우리는 사우스 퍼레이드(1743년경 지어진 테라스 건물 -옮긴이)가 너무 더울까 봐 걱정이야……

애정을 담아, *J. A.*

⬇ 로라 플레이스에서 끝나는 펄트니 스트리트의 전경. 시드니 가든스 입구에서 바라본 모습이다.
"로라 플레이스 근처 거리의 집들은 우리의 예산을 훨씬 웃돌 거라고 난 생각해." 제인은 이렇게 썼다.

Part. 2

바스에서 보낸 편지

Bath

1801~1805

♦ 존 클로드 네이츠가 그린 클래버턴 로드에서 바라본 바스의 전경.
그는 바스 남동쪽의 "위드컴 교구가 자리한 곳에서 스케치했다"고 밝혔다.
제인은 1801년 5월 21일 혈기 왕성한 체임벌레인 부인과 언덕을 넘으며
이 광경을 보았을 것이다.

정든 고향을 떠나 새로운 미래로

1801년 5월에 쓴 제인의 편지 일부가 현재까지 남아 있는데 당시 제인과 오스틴 부인은 이미 바스 패러건 1번지 리 패럿 부부의 집에 머물며 살 집을 알아보는 중이었다. 그달 말, 두 사람은 도시 외곽의 너른 평원이 내려다보이는 시드니 플레이스 4번지에 집을 빌렸고 오스틴 씨와 커샌드라도 합류했다.

이후 제인의 편지는 아주 드문드문하다. 1804년 9월 라임 레지스에서 고독한 편지 한 통을 남기고 그해 말까지 편지를 쓰지 않았다. 가족이 이사하고 재정비하는 시기라 그런 것으로 짐작할 뿐이다. 가족들은 시드머스, 돌리시, 라임 레지스와 같은 웨스트컨트리 지역에서 긴 휴가를 즐겼다. 간간이 서부의 온난한 날씨가 허락할 때면 11월처럼 늦은 달에도 라임 레지스로 쉬러 가기도 했다(《설득》의 머스그로브처럼). 방문 지역은 이제 제임스가 교구 목사로 있는 스티븐턴을 비롯해 가드머섬과 다른 곳으로 확대되었다.

이 시기 어느 시점에서 제인은 인생에서 손꼽히는 진지한 연애를 경험한 것으로 보인다. 고모 제인에 대해 쓴 회고록에서 캐럴라인 오스틴은 커샌드라가 자신에게 알려 준 비밀을 밝혔다. 바스에서 몇 년을 살던 어느 여름, 커

‡ 18~19세기 영국의 풍경화가 W. B. 노블의 책 《해변 휴양지 가이드》(1817년) 속
웨스트클리프에서 바라본 해안 마을 둘리시의 전경.
제인은 바스의 갑갑한 생활에서 벗어나 웨스트컨트리의 휴양지에서 휴가를 즐겼다.

샌드라와 제인은 해변가를 걷다가 한 신사를 만났다고 한다. "그 사람은 제
인 고모에게 엄청나게 매력을 느꼈고…… 커샌드라 고모는 그 신사가 제인
고모와 사랑에 빠졌고 두 사람의 관계가 꽤 진지했다고 말했다. 그런데 얼마
지나지 않아 그가 죽었다고 내게 알려 줘서 상당히 놀랐다."

사랑하는 사람을 잃은 슬픔과 가정을 꾸리지 못한 고독함이 복합적으로
작용해 그녀가 작품 활동을 잠시 중단한 것으로 판단된다. 하지만 1803년 봄
에 제인은 《수전》을 교정해 출판업자인 크로스비에게 10파운드에 팔았다. 그
러나 그는 결코 원고를 출간하지 않았다.

1802년 11월 말 오스틴 자매가 여행을 시작했고 몇 주 동안 스티븐턴 근교 매니다운에 사는 오랜 친구 캐서린과 알레시아 비그를 방문할 계획이었다. 불과 며칠 뒤, 네 여성은 눈물을 흘리며 스티븐턴 목사관에 도착했고 커샌드라와 제인은 이유를 설명하길 거부하면서 제임스에게 일요일 예배를 집도하지 말고 자신들을 곧바로 바스의 집으로 데려다 달라고 재촉했다. 나중에 알고 보니 그 집 아들인 해리스 비그위더가 제인에게 프러포즈했고 제인이 수락했으나 다음 날 아침 그녀가 마음을 바꾼 거였다. 어쩌면 죽은 옛 애인과 너무 차이가 나서 감당하기 어려웠을지도 모르고 아니면 세속적인 관점에서, 친구나 스티븐턴 이웃들에게 좋은 모습으로 돌아오겠다는 약속을 지키기 위해 적절한 상대를 찾아야 하는데 사랑이 없는 결혼을 한다면 그 약속을 지키지 못한다는 사실을 깨달았기 때문일 수도 있다.

제인의 스물아홉 번째 생일인 1804년 12월 16일, 절친 르프로이 부인이 말에서 떨어져 목숨을 잃었다. 충격에서 벗어나지 못한 상태에 엎친 데 덮친 격으로 제인은 1805년 1월 오빠 프랭크에게 편지를 써서 가벼운 질환 끝에 숨을 거둔 아버지의 임종을 알려야 했다.

남편을 잃은 오스틴 부인은 수입이 엄청나게 줄어들었지만, 사는 데 지장이 없을 정도로 아들들이 용돈을 보내 줘 그녀는 만족했다. 커샌드라에게는 톰 파울이 남긴 약간의 유산이 있었으나 제인은 수중에 한 푼도 없었다. 결국 남자 형제들의 경제력에 의존하게 되자 그녀는 노처녀라는 타이틀과 어려운 형편에서 빗어나려고 결혼을 갈망하게 되었는데 해리스 비그위더의 청혼을 거절한 부분이 뼈아프게 다가왔을 것이다. 하지만 오스틴 형제들의 끈끈한 우애 덕분에 그녀가 겪은 곤경은 다른 이들보다는 훨씬 덜했다.

1805년 3월, 오스틴 부인이 게이 스트리트 25번지에 있는 하숙집을 구입

했고 그 직후 커샌드라가 자신의 어머니를 간병하는 마사 로이드를 돕기 위해 입소프로 이사 왔다. 로이드 부인이 4월에 사망하며 마사는 갈 곳이 마땅치 않아졌다. 그녀는 함께 살자는 오스틴 집안 여자들의 초대를 기쁘게 받아들였고 1827년 오스틴 부인이 세상을 떠난 뒤로도 행복하게 같이 살았다.

한편, 프랭크 오스틴은 1805년 10월 하급 업무에 배치되어 실망했지만 오히려 트라팔가르 해전을 피하는 전화위복의 계기가 되었다. 이듬해 그는 포상금을 두둑하게 받아 약혼녀인 메리 깁슨과 결혼했다. 그와 신부는 사우샘프턴에 집을 구해서 그의 어머니, 여자 형제들과 마사와 함께 살기로 정했다. 그리고 1806년 7월 2일 오스틴 가족은 후회 없이 바스를 떠났고 나중에 제인은 '행복한 탈출'이라고 소감을 남겼다.

차분한 성격에다 인생의 사소한 부분도 허투루 넘기지 않고 살피는 그녀의 호기심이 다소 암울했던 이 시기를 헤쳐 나가는 데 도움을 준 것이 틀림없다. 그녀의 사색적인 시선에서 그냥 지나가는 건 없었다. 1801년 5월 12일에 쓴 편지에는 간통한 여성에 대한 언급이 있다. 남동생 찰스가 준 토파즈 십자가를 기쁘게 받아들인 일도 있었다(후에 《맨스필드 파크》에서 패니의 호박 십자가 에피소드로 등장하게 된다). 아버지의 죽음을 알리는 프랭크 오빠에게 쓴 편지의 경우 사려 깊게 처신한 모습을 통해 그녀의 성품을 잘 알 수 있다. 그녀의 마법과 같은 손길을 거치면 평범한 일상이 예술로 탈바꿈하는 것이다.

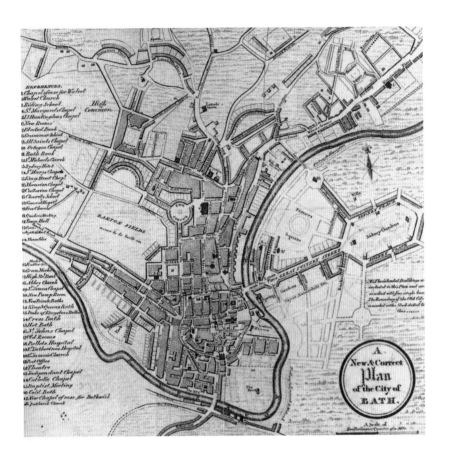

바스시에서 펴낸 《오리지널 바스 가이드》(1811년)에 수록된 바스의 새 도시 구획안. 제인 오스틴이 살던 시절 도시의 범주를 잘 보여 준다.

1801년 5월 5일 화요일 패러건

커샌드라 언니에게

층계참 두 개를 올라 내 방에서 이렇게 편지를 쓰니 너무 좋아. 모든 게 매우 안락해…… 비누와 바구니들이 도착했는데 각각 아주 친절하게 건네받았어. 우리가 걱정하는 물건 중 유일하게 한 가지가 안전하게 도착하지 않았어. 드 비즈에서 역마차에 올랐을 때 언니의 문구용 자가 반토막이 난 걸 알아차렸어. 가로대 상단 부분만 달랑 붙어 있더라고. 미안해.

이제 유일하게 남은 무도회가 바로 돌아오는 월요일에 있어. 체임벌레인 가족들은 아직 이곳에 있어. 체임벌레인 부인에 대한 내 생각이 좀 좋은 쪽으로 바뀌었고 기억을 되살려 보니 그녀의 턱이 좀 길어진 것 같아. 우리가 아주 어리고 매력적일 때 글로스터셔에서 만났던 걸 기억하고 있더라고.

⬇ 마차 역에 서 있는 물 나르는 인부.
파인의 《그레이트브리튼의 의상 백과》
에서 발췌. "인부는 말에게 먹이와 물을
주고 마차를 타는 승객에게 문을 열어 줘
마부가 자기 자리를 떠나지 않게 하는 일을
한다…… 또한 마부들이 식사하러 가는 동안
마차를 맡아 두는 역할도 한다."
마차 여행은 말을 바꾸려고 자주 멈춰야
하는 꽤 짜증스러운 일과를 포함하고 있다.

♣ 〈라 벨 어셈블리〉(당대 영국의 주요
여성 잡지 중 하나로, 출판업자 존 벨이
1806년 창간했다 —옮긴이) 1809년
7~12월 호에 실린 외출복.
흰 모슬린 원피스에 연분홍 보디스를
입고 그 위로 부드러운 검은 거즈를
걸쳐 길게 끌리도록 연출했다.
부드러운 분홍색 견직물에
앤티크 레이스를 단 이집트식
보닛도 보인다.

화창한 날 본 바스의 첫 풍경은 기대만
큼 근사하지 않았어. 비 오는 날 더 뚜렷
하게 볼 수 있을 거라 생각해. 사방이 해
를 가리고 있고 킹스다운 꼭대기부터 보
이는 전경은 전부 수증기, 어둠, 연기 그
리고 혼란뿐이야……

화요일 밤. 외삼촌이 두 번째 족욕을 하
러 나설 때 나도 따라갔고 그 아침 산책
길에서 그린 파크 빌딩에 있는 집 두 곳
을 봤는데 한 곳이 마음에 쏙 들었어……

수요일…… 어머니가 새 보닛을 주문하
셨고 나도 같이 했어. 우리 흰 스트립에
테두리 장식도 흰 리본으로 맞췄어. 내
밀짚 보닛이 다른 사람들 것과 아주 비
슷한 걸로 봐서 꽤 세련됐다는 걸 알았
지. 레이디 브리지스의 파티에서 본 케
임브릭 모슬린으로 만든 보닛들도 매우
근사하고 일부는 무척이나 예뻤어. 하지
만 언니가 오기 전까지 사지 않을 거야.

바스는 점점 공허해져서 별로 돌아다니지 않아도 될 것 같아. 검은 거즈로
만든 겉옷이 다른 것들만큼 닳았어. 하루 이틀 뒤에 다시 편지 쓸게.

사랑해. *J. A.*

체임벌레인 부인은 제인 오스틴의 사촌이자 애들스트럽 목사관에 사는 토머스 리의 이웃으로 글로스터셔의 모거스버리 하우스에 산다. 리 패럿은 통풍 치료를 위해 바스에서 온천욕을 자주 했고 제인은 그가 '두 번째 족욕을' 할 때 동행했다.

↓ 제인 오스틴의 외삼촌, 외숙모인
리 패럿 부부의 실루엣.
오스틴의 딸들은 외삼촌 집에 방문했다.
부부의 근사한 타운 하우스는
패러건 1번지에 자리한다.

1801년 5월 12일 화요일 _{패러건}

커샌드라 언니에게

어머니가 메리한테 편지를 받았고 나도 프랭크 오빠에게서 소식을 들었어. 그래서 우리는 멀리서 벌어지고 있는 걱정거리를 안게 되었고 언니와 다른 가족들도 똑같이 알길 바라…… 제임스 오빠는 로이드 부인이 건강 문제를 일으킨 후로 지금 입소프에 와 있을 테고 그래서 난 뭐라도 팔아서 보탬이 되려고 해. 소 세 마리를 61.5기니에 넘긴 건 수중에 11기니밖에 없는 사람에게는 큰 도움이 될 거야. 내 피아노를 팔면 대략 8기니 정도 나올 것 같아.

⚓ 바스의 사우스 퍼레이드. 토머스 몰턴이 18세기 후반에 그린 수채화 작품.
"바스에서 끌리는 지역이 어디야? 우리는 사우스 퍼레이드가 너무 더울까 봐 걱정이야."
제인은 커샌드라를 놀렸다.

🔱 소 시장의 모습. 두당 20파운드가 넘는 시세라 오스틴 씨는 스티븐턴을 떠나며 소를 처분할 때 행운이라고 느꼈다.

내 책이 잘 팔린다는 이야기를 들으니 책값이 얼마나 들어올지 더 궁금증이 생겨……

우린 릴링스톤 부인 같은 사람은 처음 봤는데 예상만큼 심하게 멍청한 건 아니라서 난 새 보닛을 쓰고 멋지게 보이려고 해……

저녁에는 몸단장을 하고 근심을 안은 채 무도회에 갔어. 난 최대한 잘 차려입었고 집에서 근사하다고 칭찬했던 모든 장신구를 걸쳤어. 9시에 외삼촌, 외숙모와 함께 연회장으로 들어가니 윈스턴 양이 우릴 반기더라고. 차를 마시기 전까지는 꽤 지루했어. 하지만 차를 마시기까지 그리 오래 걸리지 않았어. 네 쌍이 춤을 추고 있었거든. 100명에게 둘러싸여 넓은 테라스가 있는 연회장에서 춤을 추고 있는 네 쌍을 상상해 봐!

차를 마시고 나니 **기운이 좀 났어.** 사람들이 개별적으로 모이면서 무도회가 한층 나아졌고 물론 이 커다란 장소에 티도 안 날 만큼 조금이었지만 대여섯이 모여 베이싱스토크 무리를 형성했어……

내게 간통한 여자를 알아보는 특별한 눈이 있다는 게 자랑스러워. 물론 같은 무리에서 또 다른 이가 반복적으로 **저 여자**라고 확인시켜 주긴 하지만. 난 처음부터 곧장 그녀에게 눈길이 갔어. 르프로이 부인을 닮았다는 게 내 소감이야. 생각만큼 빼어난 미인은 아니었어…… 조용한 성품 같아 보였는데 입술을 두껍게 발라 둔한 느낌을 줬어……

수요일. 어젯밤 바보 같은 파티가 또 있었어. 좀 더 규모가 컸다면 나았겠지만 카드 테이블 하나를 겨우 놓고 6명이 서로 쳐다보며 시답잖은 이야기나 지껄여 댔지. 레이디 푸스트, 버스비 부인, 오웬 부인이 외삼촌과 같이 앉았고 5분이 채 되지 않아서 거친 늙은이 3명이 들어와 자리를 잡고…… 의자가 삐걱거릴 때까지 죽치고 있었어.

난 타인의 괜찮은 점을 어떻게 계속 찾아야 할지 모르겠어. 체임벌레인 부인이 근사한 헤어스타일을 하고 나온 건 존중하지만 그 이상의 섬세한 감정은 느낄 수가 없어. 랭리 양은 키가 작고 넙데대한 코에 입이 컸어. 그녀는 최신 유행하는 드레스를 입고 가슴을 유감없이 드러냈지. 스탠호프 제독은 신사처럼 보이지만 다리가 너무 짧고 연미복 꼬리는 너무 길어 이상했어……

언니의 벗, *J. A.*

❧ '간통한 여자'는 영예로운 에드워드 리케츠 부인을 의미하며 리처드 그레이브스 대령과 불륜을 저질러 이혼했다. 그들의 로맨스는 햄프셔 사회 전역에 엄청난 스캔들로 회자되었다.

⚜ 일명 어퍼 룸이라고 불리는 뉴 어셈블리 룸.
이곳은 노스 퍼레이드 거리의 로어 타운에 있는 올드 어셈블리 룸과 대조를 이룬다.
이 새로운 어셈블리 룸은 오늘날까지 과거의 영광을 고스란히 보존한 채 남아 있다.
(바스의 어셈블리 룸은 18세기 영국인들이 춤과 음악을 즐겼던 연회장으로 당대 유명 인사들이
방문했다 -옮긴이)

⚜ 바스에 있는 옥스퍼드와 패러건 빌딩.
"알다시피." 제인이 커샌드라에게 쓴 편지에는 이렇게 석혀 있다.
"패럿 부인은 우리가 옥스퍼드 빌딩에 자리 잡길 원할 테지만
우리는 특히 도시의 그 지역이 마음에 들지 않아 피하려고 해."

1801년 5월 21일 목요일 패러건

사랑하는 커샌드라 언니에게

불쾌한 주제로 장문의 편지를 쓰는 건 너무 끔찍한 일이라 최대한 빨리 내 머리 꼭대기까지 가득 찬 그 생각들을 다 풀어내야겠어.

그린 파크 빌딩을 보고 왔고 거기는 이제 후보에서 제외야. 고작 일주일을 비워 뒀다는데 집 서재는 습기로 눅눅했고 거기 살면서 불편했다는 가족 이야기와 발진 티푸스가 생겼다는 말을 들은 것이 포기하게 된 결정적 한 방이었어. 이제 더 찾아볼 곳이 없어⋯⋯ 언니가 예상한 대로 체임벌레인 부인과 나 사이에 우정이 피어났고 이제 우리는 만날 때마다 악수를 건네. 어제 우리는 다시 웨스턴을 제대로 돌아봤고 아주 꼼꼼히 살폈어. 우리 두 사람 빼곤 모두 핑계를 대며 거절했기에 둘만의 사담을 나누었고 **그러는 통에** 바스의 첫 2야드를 동네 사람들과 같이 걸었지 뭐야.

우리가 어디까지 갔는지 알면 언니는 놀랄 거야. 시온 힐까지 갔고 들판을 가로질러 돌아왔어. 체임벌레인 부인은 언덕을 오르는 데 선수야. 그녀를 따

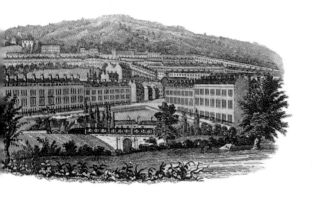

⚜ 바스의 그린 파크
빌딩의 모습을 담은 판화.
오스틴 씨가 사망했을 당시
가족들은 27호에 살고 있었다.

라잡느라 난 힘들었지만 내색하지 않았어. 평지에서는 나도 그녀 못지않게 잘 걸었어. 그렇게 우리는 뜨거운 태양 아래서 벗어났어. 그녀는 양산이 없는 데다 모자에 챙까지 달려 있지 않아 멈출 수가 없었고 웨스턴의 교회 마당을 가로지를 때 우리는 산 채로 묻히는 게 두려운 사람처럼 허둥거렸어. 상황이 그랬으니 그녀를 배려하지 않을 수 없었지……

우리는 오늘 여기서 작은 파티를 열려고 해. 소규모 파티는 싫지만 사람들이 계속 요청하는 통에 그럴 수밖에 없었어. 에드워드 양과 그녀의 아버지, 버스비 부인과 조카 메잇랜드 씨, 릴링스톤 부인이 오기로 했어. 내 검은 모자를 절대 메잇랜드 씨와 그 부인과 10명의 아이들 옆에 놔두지 않을 거야……

메리앤 메이플턴이 병으로 유명을 달리했다는 슬픈 소식을 전할게. 일요일에는 그녀가 위험한 고비를 넘겼다고 믿었지만 다음 날 갑자기 재발했어. 정 많은 가족들이 엄청난 고통을 겪었어. 소녀가 죽으면 천사가 된다고 난 믿어. 메리앤은 아름다움, 분별력, 미덕에서 그만한 자격이 있다고 생각해.

벤트 씨는 내게 아주 **미운털이** 박혔어. 책값을 고작 70파운드밖에 안 쳐줬거든. 온 세상이 우리 가족 하나가 잘되면 다른 한 사람은 못되도록 음모를 꾸민 것 같아. 다만 도즐리의 시가 10실링이라는 점이 내게 금세 즐거움을 안겨 줘서 난 책이 얼마나 빨리 팔리는지는 관심이 없어졌어……

언니의 벗, *J. A.*

🌸 메리앤은 바스의 메이플턴 박사의 딸이다. 로버트 도즐리는 하인으로 일하며 〈제복을 입은 뮤즈〉를 포함해 여러 편의 시를 썼다. 나중에 그는 책 판매상이 되었고 존슨 박사에게 사전을 편찬하라는 제안을 했고 버크와 함께 〈연감〉을 펴냈다. (1758년 창간된 〈연감〉은 역사, 정치, 문학을 중심으로 지금도 출간되는 연례 잡지다. 에드먼드 버크는 아일랜드 더블린 출신 영국의 철학자이자 정치가이다 -옮긴이)

♦ 바스 하이 스트리트의 풍경. 1777년경 토머스 몰턴의 수채화 작품.(왼쪽)
♦ 펄트니 다리. 1785년 토머스 몰턴의 수채화 작품.(오른쪽)

1801년 5월 26일 화요일 패러건

커샌드라 언니에게

킨트버리에서 언니가 보낸 편지 속 내 글에 대한 칭찬들 정말 고맙게 생각해……

일요일에 엔디미온 군함이 포츠머스에 왔고 난 이날 소인이 찍힌 찰스의 짤막한 편지를 받았어. 사흘 전에 쓴 편지에서 말한 내 도시 산책은 시간을 죽이기 딱이야. 어제 아침에는 체임벌레인 부인과 함께 린컴과 위드컴으로 산책을 나갔고 저녁에는 홀더가 사람들과 차를 마셨어. 이 두 번째 산책에서 체임벌레인 부인은 처음만큼 빨리 걷지 않았어. 덕분에 내가 별 어려움 없이 따라잡을 수 있었지. 게다가 좁은 오르막길에서는 내가 상당히 앞장섰어. 내가 어디든 살피고 싶을 때면 그녀가 멈춰 줘서 너무 좋았어. 아쉽게도 체임벌레인 부부가 하루 이틀이면 바스를 떠나니 우리의 우정은 이걸로 끝이야……

저녁 외출은 전혀 불쾌하지 않았어. 릴링스톤 부인이 홀더 부인과 대화하려고 찾아왔고 홀더 양과 나는 차를 마신 뒤에 함께 화실로 가서 그림을 보고 감상적인 대화를 나누었어. 그녀는 죽은 형제자매들에 대해 조금도 거리낌 없이 이야기를 꺼냈고 그들에 대한 추억을 열성적으로 간직하고 있다는 부분에서 좀 감명받았을 뿐 불편하진 않았어. 그녀는 엄청 말이 많은데 적절한 부사를 잘 찾아내고 이탈리아어와 불어도 유창했어……

앞의 편지에서 살짝 뉘앙스를 풍겼듯이 난 여기 온 뒤로 에벌린 씨를 거의 보지 못했어. 오늘 아침에 본 것이 이제 겨우 네 번째야…… 내가 대부분 다 말했듯이…… 사실 그는 나한테 저녁에 시드니 가든스에 갈 건지만 물었어. 지금 우리 사이에 어떤 약속 같은 게 생긴 거라 난 당장 그가 타고 있는 사륜마차에 올라가고 싶은 마음이 생겼어. 결과가 어찌 되든 그와 함께할 수 있을 테니까. 그 사람은 정말로 악의가 없어. 여기 사람들은 그를 두려워하지 않는 것 같아. 그는 자기의 새들과 다른 동물을 위해 개쑥갓을 심었어……

애정을 담아, *J. A.*

⬇ 킹스다운의 전경을 그린 펜화. 이곳에서 제인은 스티븐턴을 떠난 슬픔을 가득 안은 채 바스에 도착한 자신의 심경을 저술했다. "사방이 해를 가리고 있고 킹스다운 꼭대기부터 보이는 전경은 전부 수증기, 어둠, 연기 그리고 혼란뿐이야……"

↓ 윌리엄 펠턴의 논문에서 발췌한 사륜마차의 모습. 펠턴은 이렇게 기술했다. "이 같은 마차를 만드는 비용은 실로 엄청나다. 가구를 안락하게 배치하는 일이 무엇보다 중요하고 거의 전차와 동등한 수준이다…… 아주 공을 들여야 하는 작업인데 적어도 승객의 키와 몸무게가 차체의 무게를 넘어서면 안 된다. 그 부분이 유일한 위험 요소이기도 하다. 다른 부분은 별로 상관없다."

수요일. 난 방금 사륜마차를 타고 집으로 돌아왔는데 넋이 나갈 정도로 몹시 힘들었어. 아침 식사 직후 에벌린 씨한테서 전갈을 받아 준비해야 했거든. 우리는 킹스다운 꼭대기로 가서 아주 즐거운 드라이브를 즐겼어…… 돌아오니 언니와 찰스의 편지가 테이블에 놓여 있는 거야…… 찰스는 사나포선에서 자기 몫으로 30파운드를 받았고 10파운드를 더 받을 걸로 기대하고 있지만 여자 형제들에게 지금 자신의 공적을 늘어놓는다고 무슨 도움이 될까? 그 애는 우리를 위해 금목걸이와 토파즈 십자가를 샀다고 해. 제대로 혼이 좀 나 봐야 해…… 어제 내가 쓴 편지를 그 애가 오늘 받을 거고 난 이 길로 고마움과 잔소리가 함께 담긴 답장을 보낼 거야. 우리는 아주 잘 있어.

❧ 윌리엄 에벌린은 에드워드의 친구다. 엔디미온호의 중위인 찰스는 포상금을 받을 자격이 충분했고 이번 건의 경우 라퓨리호를 포획한 공을 인정받은 것이다.

캐서린 몰랜드는 헨리 틸니가 모는 마차를 타고 기쁨을 만끽했다

_《노생거 사원》 중에서

아주 잠깐의 시도를 통해 그녀는 이륜 쌍두마차가 세상에서 가장 아름다운 마차라는 것을 확신했다…… 그러나 이륜 쌍두마차의 장점이 말에게만 있는 것은 아니다. 헨리가 말을 아주 잘, 아주 조용히 몰아서 어떤 불편함도, 과시도 없었고 말들에게 욕지거리조차 하지 않았다. 유일한 신사 마부인 그는 그녀가 아는 한 대적할 사람이 없을 정도로 탁월했다! 마차를 모는 동안 그의 모자는 제자리를 지켰고 외투에 붙은 셀 수 없이 많은 주름이 마치 중요한 부분들처럼 느껴졌다! 그의 주도하에 옆에서 춤을 추는 건 확실히 세상에서 가장 큰 행복이 틀림없다.

패니 프라이스는 자신의 첫 무도회를 앞두고 절망에 빠졌다

_《맨스필드 파크》 중에서

그녀에게는 신경을 쓴다는 건 가끔은 행복을 넘어서는 고통이었다. 어리고 미숙하고 선택의 폭이 좁고 스스로의 취향에 대한 확신이 없는 상태에서 '어떻게 옷을 입어야 하는지'는 절박한 외로움으로 다가

왔다. 그녀가 가진 유일한 장신구인, 윌리엄이 시칠리아에서 사다 준 아주 예쁜 호박 십자가가 가장 큰 고충인데 그 십자가 펜던트를 달 수 있는 거라곤 리본 줄이 전부였기 때문이다. 그걸 달고 나간다 한들 다른 아가씨들의 차림새 사이에서 허용이나 될까? 그렇다고 그걸 걸치지 않을 수도 없다! 윌리엄이 그녀에게 금 체인까지 사 주고 싶었으나 형편상 그러지 못했기에 펜던트를 걸치지 않는 건 그를 모욕하는 것과도 같으니까. 그래서 그녀는 불안했다. 무도회를 떠올리면 늘 행복했지만 지금은 마음이 사무칠 정도로 고민이 앞섰다.

1804년 9월 14일 금요일 라임

사랑하는 언니에게

웨이머스에서 보낸 언니의 편지에 보답하고 이번에는 일찍 입소프에 도착하길 바라는 소망을 담아 근사한 줄이 쳐진 노트 첫 장에 편지를 써……
앤도버에서 내가 보낸 편지를 어제 받았길 바라. 지금 나 대신 언니가 사려 깊게 걱정해 준 많은 시간 덕분에 우리는 불안함을 충분히 덜어 냈어. 난 오늘 아침에 또다시 목욕을 하며 계속 잘해 나가고 있어. 살짝 열이 나고 몸이 불편했던 건 어쩔 수 없는 일이었어. 이번 주 내내 라임에서 그랬으니까……
우리는 이제 하숙집에 꽤 정착했고 언니가 짐작했듯 모든 것이 순리대로 돌아가고 있어. 하인들이 제대로 일하고 있고 별다른 어려움도 없어. 물론 서재의 불편함이 확실히 제일 큰 해. 집과 가구가 전체적으로 더럽다는 점과 거주자들을 제외하곤 말이지…… 내가 노력해서…… 언니의 공간을 만들고

더욱 쓸모 있게 굴고 모든 걸 제대로 돌아가게
할 거야. 물병에 낀 때를 최대한 빨리 알아차
리고 위장이 없는 것 같은 요리사의 버릇을 고
쳐 줄 거야. 언니가 있었을 때도 그녀가 이렇
게 해 왔는지 나는 잘 모르겠어……

어젯밤 무도회는 즐거웠지만 목요일에 있었
던 무도회만큼은 아니었지. 아버지는 9시 반
까지 아주 즐겁게 머물렀고(우리는 8시가 좀 넘
어서 거기 도착했어) 제임스 오빠와 랜턴을 들
고 걸어서 집으로 돌아갔어. 하지만 달빛이 밝
아서 켤 필요가 없었을 거야. 물론 랜턴은 가
끔 오빠한테 아주 유용하겠지. 어머니와 나는
1시간 정도 더 있었어. 아무도 내게 첫 댄스를
두 번 제안하지 않았어. 두 번째 상대는 크로
퍼드 씨였고 내가 더 오래 혼자 있었으면 그랜
빌 부인의 아들과 춤을 췄을 거야. 내 친한 친
구 암스트롱 양이 그를 소개해 줬거든. 아니
면 외모가 특이한 어떤 남성이랑 춤을 췄든가.
그 사람은 이곳에 새로 왔고 한동안 날 주시하
더니 어떤 인사말도 없이 나한테 다시 춤을 출

♣ 토머스 윌슨의
《정통 왈츠 교본》
(1816년)에서 발췌.

생각이 있냐고 물었어. 특유의 느긋함을 보니
아일랜드 사람일 거라는 생각이 들어. 그가 아일랜드 사막의 아들 내외인 고
결한 반월스 가문과 관련된 인물이 아닐까 상상도 해 봤지. 라임에 딱 어울
리는 대담하고 특이한 용모의 사람들 말이야……

⚓ 롤린다 샤플스(초상화와 장르화를 주로 그린 영국 여류 화가 -옮긴이)가
그린 클리프턴 어셈블리 룸의 외투실. 1818년 작품.
제인과 가족들은 바스에서 이런 파티에 많이 참여했을 것이다.
전경에는 숙녀가 하녀의 도움을 받아 신발을 갈아 신고 있고
왼쪽의 기마 장교가 자기를 소개하려는 모습이 보인다.

어제 아침(어제 아침이 맞는 말일까?)에 암스트롱 양이 불러서 갔더니 자기 아버지와 어머니를 소개해 줬어. 다른 아가씨들처럼 그녀도 자기 부모님에게 한없이 순하게 굴었어. 암스트롱 부인은 내가 방문해 있는 내내 스타킹을 꿰매고 있었어. 하지만 집에 와서 그 말은 하지 않았어. 괜히 저격하는 말 같을까 봐서. 그 후에 우리는 1시간 동안 방파제를 산책했어. 암스트롱 양은 보편적인 방식에서는 대화하기 편한 상대야. 위트나 천재적인 언변을 감지하지 못했지만 그녀는 센스가 있고 어느 정도 취향을 갖췄고 매너도 아주 좋았어. 단지 사람을 너무 쉽게 좋아하는 것 같아······

로이드 부인과 마사에 대해 어떻게 생각하는지 다음 편지를 통해 답을 듣길 기대하고 있다는 점은 말 안 해도 알 거라 믿어.

애정을 담아, *J. A.*

오스틴 부인은 집에 손님이 와도 바느질을 멈추지 않는 경향이 있었다. 제인은 어머니에게, 암스트롱 부인 역시 손님이 있어도 바느질을 계속했다고 말하지는 않았다. "괜히 저격하는 말 같을까 봐서."

↓ 아내와 친구가 바느질에 열중하고 있는 스케치. 수채화, 풍경, 캐리커처를 주로 그린 18~19세기 영국 화가 존 닉슨의 작품. 당시 전형적인 가정의 풍경이다.

루이자 머스그로브가 라임 레지스의 방파제에서 떨어졌다

_〈설득〉 중에서

숙녀들이 돌벽 방파제의 높은 언덕에 도전하기에는 바람이 너무 거칠어 그들은 낮은 쪽으로 가기로 했다. 모두가 가파른 비탈을 조심스럽게, 조용히 내려가는 데 만족했지만 루이자는 예외였다. 그녀는 웬트워스 대령 때문에 거의 뛰어서 내려오다시피 했다. 산책하는 동안 그는 층계 출입구에서 그녀가 뛰어내리게 도왔다. 그녀에게는 즐거운 센세이션이었다. 루이자의 발에 닿는 단단한 땅을 보고 그는 뛰어내리게 하고 싶지 않았지만 그렇게 했고 그녀는 안전하게 착지했다. 그리고 곧바로 기뻐하면서 비탈을 올라 다시 뛰어내렸다. 그는 다칠까 봐 루이자를 말렸다. 하지만 그녀는 전혀 말을 듣지 않았고 미소를 지으며 이렇게 대꾸했다. "난 하기로 마음먹었어요." 그래서 그는 손을 내밀었다. 그녀는 잠시도 기다리지 못하고 뛰어내려 방파제의 낮은 길로 떨어졌고 죽은 것처럼 보였다!

⚘ 라임 레지스 풍경. 19세기 초 애쿼틴트화. 제인은 《설득》에서 라임 레지스를 극찬했다. "옛것의 경이로움과 새롭게 발전된 모습이 공존하고 아름다운 절벽 해안선이 시내 동쪽으로 뻗어 나간 모습이 이방인의 눈길을 사로잡을 것이다. 그리고 라임의 자연환경을 보고 곧바로 매력을 느껴 더 자세히 알고 싶다는 생각이 들지 않은 외지인은 아주 이상한 축에 든다."

1805년 1월 22일 화요일 저녁

그린 파크 대대

친애하는 프랭크 오빠에게

어제 오빠에게 편지를 썼어. 그런데 커샌드라 언니에게 보낸 오빠의 편지가 오늘 아침에 도착했고 우리는 오빠가 지금 포츠머스에 있을 가능성에 대해 알게 되어 다시 편지를 쓰는 거야. 오빠한테 이런 말을 하기 정말 고통스럽지만 어쩔 수가 없어. 정이 많은 오빠의 성격상 엄청난 상

♣ 제인의 아버지 조지 오스틴의 세밀화. 그가 죽기 몇 년 전인 70세에 그린 작품이다. 다정하고 자애로운 미소가 인상적이다.

처가 되겠지만 부디 충격을 조금이나마 작게 받길 바라…… 너무 갑자기 일어난 일이라 경황이 없지만 알릴 수밖에 없는 점을 이해해 줘.

우리는 훌륭한 아버지를 잃었어. 고작 8시간 40분 동안 발병한 질병 때문에 어제 아침에 아버지가 돌아가신 거야……

난 아버지를 위해서 할 수 있는 모든 걸 다 했어. 병은 아주 갑작스럽게 찾아왔이! 돌아가시기 24시간 전, 아버지는 지팡이의 도움으로 걸을 수 있으셨고 심지어 책도 읽으셨어! 하지만 몇 시간 조처하고 아버지가 회생 불능이라는 걸 알았을 때 우리는 고통을 빨리 없애 달라고 아주 열렬히 기도했어. 아

버지가 쇠약해지고, 몇 시간 동안 고통에 신음하시는 모습을 보는 건 정말 끔찍했어! 그렇게 하느님의 도우심 덕분에! 우리 모두 고통에서 구원받았지. 고열에 정신이 계속 없으셨다는 것 말고 다른 힘든 건 없었고 아버지는 자신이 그토록 사랑했던 대상들 그리고…… 아내와 아이들과 작별해야 한다는 걸 알기 전에 숨을 거두셨어.

인자하셨던 아버지의 삶을 누가 비난할 수 있을까? 어머니는 잘 참으셨어. 엄청난 고통을 감내하셨지만 난 큰 충격을 받은 어머니의 건강이 염려돼. 제임스 오빠에게 속달을 보냈고 오늘 아침 8시가 채 되기 전에 오빠가 도착했어.

장례식은 토요일에 월콧의 교회에서 있을 예정이야. 고요한 시신은 아름답기까지 해! 항상 아버지를 대변하던 그 다정하고 자애로운 미소가 그대로 남아 있어. 모든 일이 마무리되면 스티븐턴으로 이사 가라고 사람들이 어머니에게 다정하게 말했지만 어머니가 당장 바스를 떠날 것 같지는 않아……

가족 모두의 사랑을 담아, J. A.

♦ 월콧에 위치한 성 스위든 교회.
제인의 부모님이 결혼하고
그녀의 아버지가 묻힌 곳이다.

1805년 1월 29일 화요일 그린 파크 대대

프랭크 오빠에게

어머니는 아버지의 소박한 유품 틈에서 작은 천문 장비를 찾았고 오빠가 그걸 가지길 바라셔. 검정 상어 가죽 케이스에 담겨 있고 내 생각에는 나침반과 해시계인 것 같아. 지금 오빠에게 보내 줘도 될까······? 오빠에게 줄 가위 한 벌도 있어. 이것들이 오빠에게 도움이 되는 물품이길 바라지만 값이 많이 나간다는 것도 확신해. 더 쓸 시간이 없어 이만 줄일게.

애정을 듬뿍 담아, *J. A.*

1805년 8월 30일 금요일 굿네스톤 팜

커샌드라 언니에게

난 월요일까지 여기 있기로 마음을 정했어. 메리앤에게 무슨 일이 있어서는 아니야. 그 애는 평소처럼 건강해. 다만 해리엇이 내가 옆에 있어 주길 너무 바라서 당장 내일 그 애를 놔두고 떠날 수가 없어. 꼭 그래야 하는 급한 이유가 있는 것도 아니니까······

어제 에드워드 브리지스가 댁에서 식사했어. 하루 전에 그는 세인트올번스에 있었고. 오늘은 브룸으로 가고 내일은 핼릿 씨 집에 간다고 해. 그 약속도 내가 월요일까지 해리엇의 곁을 지키기로 한 이유 중 하나야.

다음 주에는 사냥이 있어 이 가족에게 좀 불편할 것 같아. 왕실 근위 연대의 사악한 의도가 확실히 드러났는데도 이웃 신사들은 자신들의 권리를 서둘러 지지하거나 어떤 마음을 먹을 의지가 없는 듯 보여. 에드워드 브리지스는 그들의 정신을 일깨우려고 노력해 왔지만 성공하지 못했어. 해먼드 씨는 딸들과 앞으로 있을 무도회 때문에 아무 행동도 하지 않겠다고 선언했어······
난 모두가 G의 D를 위해 검은색을 뒤집어쓸 거라고 봐. 우리도 레이스를 사야 할까, 아니면 리본으로 충분할까?······

애정을 담아, J. A.

◦ 캔터베리 근처에 있는 굿네스톤 팜은 브룩 브리지스 경의 미망인 패니와 미혼 딸들이 사는 곳이다. 메리앤은 병약했고 여섯째 딸인 해리엇은 후에 로텀의 조지 무어와 결혼했다. 에드워드 브리지스는 아마 이때쯤 제인에게 프러포즈를 하고 거절당한 듯 보인다. 그가 햄릿 씨(캔터베리 근교 하이엄의 제임스 햄릿) 집에 간다고 해서 제인이 안도하는 부분에서 알 수 있다.

'왕실 근위 연대의 사악한 의도'라는 알쏭달쏭한 문장은 다음과 같은 채프먼 박사의 글로 설명된다. 8월 22일 나폴레옹이 자기 부대에게 불로뉴에서 다뉴브로 진격하라고 명했다. 8월 30일 금요일에 근위 보병 제1연대가 딜에서 채텀으로 향했고 채텀에서 딜로 진군하던 왕실 근위 연대와 근위 보병 제3연대를 지나쳤다. 자고새 사냥이 돌아오는 월요일에 시작되어 밀렵에 대한 불안감을 키웠다. 프랑스군에 의한 침략은 분명 아니었다. 그 전 여름에 레오파드호에 승선한 프랭크 오스틴이 불로뉴를 봉쇄하는 데 일조했다. 그곳에는 바닥이 평평한 소함대 2,000척이 나폴레옹의 베테랑 부대가 영국으로 돌아오는 적시에 공격하려고 대기 중이었다(하지만 그런 날은 결코 오지 않았다).

세인트올번스 코트의 윌리엄 해먼드에게는 딸이 다섯 있었다(영국에서는 집 이름에 '코트'를 붙이는 경우가 많다 ─옮긴이). 'G의 D'는 글로스터 공작(the Duke of Gloucester)을 지칭한다.

⚘ 자고새 사냥. 새뮤얼 호윗의 그림이다.

⚘ 브리지스 가문의 고향인 켄트의 굿네스톤 전경으로,
J. P. 닐의《귀족과 신사의 영지》제2권에서 발췌.
제인은 이 지역의 유명 박람회를 '모든 지인에게 금박 종이와
유색 페르시안 종이를 나눠 주는 연례 행사'라고 말했다.

Part. 3

사우샘프턴에서 보낸 편지

Southampton

1807~1809

⬇ 사우샘프턴과 시 성벽의 전경. 스코틀랜드의 화가이자 여행가,
외교관이었던 로버트 커 포터가 그린 수채화. 1797년 작.

New Perspectives

또 다른 시야를 키우며

1806년 7월, 바스를 떠난 오스틴 부인과 딸들은 남은 여름을 글로스터셔 애들스트럽에 사는 사촌 토머스 리의 집에서 보냈다. 그러다 리 목사가 갑자기 상속을 받아 워릭셔의 스토니 애비(abbey, 수도원이나 사원을 의미한다 -옮긴이)를 물려받아 이사했을 때 그곳에서 함께 머물렀다. 애비는 거대했다. 오스틴 부인은 '새 주인이 출구를 찾지 못해 거의 절망할 지경이었고······ 난 동서남북으로 길을 알려 주는 표지판을 세우는 게 어떠냐고 제안했다'고 적었다. 이후 오스틴 가족은 스태퍼드셔에 있는 햄스톨 목사관에 머물렀고 그곳에서 제인은 어린 사촌 쿠퍼에게서 백일해를 옮았다.

그해 10월, 그들은 프랭크 오스틴과 함께 사우샘프턴에 하숙집을 열었다. 1807년 초 가족들은 캐슬 스퀘어의 정원이 근사한 안락하고 쾌적한 집으로 이사했다. 정원은 오랜 도시 성벽의 한 면으로 막혀 있는데 꼭대기가 사람이 걸어 다닐 수 있을 정도로 폭이 넓어서 사우샘프던에서 멀리 이일오브와이트까지 보였다.

상황은 좋았고 모든 준비가 제대로 이루어졌다. 비용을 분담한 것이 상호 간에 이득이 되었다. 마사 로이드가 있어 어머니 걱정을 할 필요 없이 커샌드

⬇ 18~19세기 영국의
수채화가 에드워드
데이즈가 그린
사우샘프턴 풍경.

라와 제인은 함께 여행을 다녀왔다. 그리고 극동 지역에서 새로운 임무를 맡은 프랭크는 임신한 아내를 어머니와 여자 형제들이 돌보고 말동무를 해 줄 수 있게 맡겼다.

사우샘프턴에서 쓴 첫 편지에서 제인은 살짝 우울해하는 느낌이 묻어난다. 방문객들은 성가셨고 오스틴 가족의 재정 상황도 좋지 않았다.

찰스는 1807년 5월 열일곱 살인 패니 팔머와 버뮤다에서 결혼식을 올렸다. 패니는 풍성한 금발 머리에 어여쁘고 통통한 여성이라고 알려졌으나 제인은 후에 패니의 어린 딸이 '외탁'을 했다고 불평했다.

1807년 초와 1808년 봄 사이 다시 편지가 끊겼다가 제인이 3주간 짧게 가드머셤에 머물던 6월 다시 펜을 들었다. 이 편지에는 특히 형제자매들 사이의 끈끈한 우애가 상하게 느껴나 있다. 그렇지만 이 시기 나는 편지들지김 쇠약해지는 자신과 흐르는 세월에 대한 자각도 조금 느낄 수 있다. 이제 누군가의 집에 머무는 건 예전처럼 기쁘지 않아 보이고 임신한 새언니 엘리자베스

⚘ 찰스 오스틴과 결혼할 당시에 그린 패니 팔머의 초상화.
두 사람은 1807년 식을 올렸고 당시 패니는 열일곱이었다.
그녀의 아름다운 머리카락이 남편에게 '특별한 즐거움'을 안겨 주었다. (왼쪽)
⚘ 찰스 오스틴의 초상화. 1809년경.
해군 제복을 입은 모습을 화폭에 담았다. (오른쪽)

의 상태가 좋지 않았다.

10월에 커샌드라가 가드머섐에 갈 차례가 되었고 이때 그녀는 엘리자베스가 열한 번째 자식을 출산한 뒤 갑작스럽게 죽음을 맞이했다는 슬픈 소식을 전하게 된다. 제인의 다음 편지는 불안과 슬픔으로 가득 차 있고 '시신'의 등장에 살짝 섬뜩한 흥미를 보이기도 한다. 그녀는 '사랑스러운 패니'가 에드워드 오빠를 지탱할 유일한 희망임을 언급했다. 엘리자베스가 숨을 거둘 때 패니는 겨우 열다섯이었지만 맏이로서 큰 집안 살림을 잘 꾸렸고 수많은 동생을 애정과 자상함으로 돌봤다. 에드워드는 재혼하지 않았고 패니는 1820년까지 가드머섐의 여주인으로 남아 있다가 에드워드 크나치블 경과 결혼하면서 동생 메리앤에게 권한을 넘겨주었다.

패니는 고모 제인의 가슴속 특별한 공간을 차지하는 존재였다. 엘리자베스가 죽기 직전인 10월 7일에 쓴 편지에서 제인은 커샌드라에게 이렇게 말했다. "언니가 패니에 대해 했던 말이 내게는 참 기쁘게 들려. 언니가 설명했던 그 모습을 이번 여름에 보았고 마치 또 다른 여동생이 생긴 것 같은 기분이었어. 조카가 나한테 이렇게나 큰 존재가 될지 상상조차 못 했거든······ 항상 그 애를 떠올리면 기분이 좋다고 전해 줘."

제인은 가드머섬에 있는 에드워드의 두 아들에게도 애정이 담긴 말을 남겼다. 학교에 다니던 소년들은 어머니의 장례식 동안 사우샘프턴에서 며칠을 보내며 슬픔에 빠졌고 상복을 입을 때 불안해하는 모습을 보여 가족들의 동정을 받았다. 둘은 언제 사냥과 외출로 마음을 달래야 하는지 깨닫게 되었다.

1808년 9월, 프랭크가 반도 전쟁에서 포르투갈로 호위함을 이끌고 돌아오며 아내와 아이들과 함께 자신만의 집을 꾸릴 필요성을 느꼈다. 그는 아일오브와이트의 야머스에 하숙집을 샀고, 오스틴 가족들과 마사 로이드를 이제는 그들의 필요보다 너무 큰 캐슬 스퀘어의 집에 남겨 두었다. 이후 가을에 에드워드는 어머니에게 두 집 중에서 한 곳을 선택하라고 제안했다. 햄프셔의 올턴 근교 자신의 두 번째 사유지에 있는 초턴 코티지(cottage, 작은 시골집을 의미한다. 제인은 생애 마지막 8년 동안 초턴 코티지에서 살았다 -옮긴이) 혹은 가드머섬 근방에 있는 저택 중 하나를 말이다.

오스틴 가족은 전자를 선택했다. 헨리가 올턴에서 금융 회사를 설립한 것도 한 가지 이유고, 햄프셔의 좀 더 친숙한 지역으로 되돌아가는 것이 너 즐거울 거라는 생각도 한몫했다. 에드워드 자신은 햄프셔 쪽에 더 흥미가 있었고 가족들은 초턴의 그레이트 하우스에 오래 머물렀다.

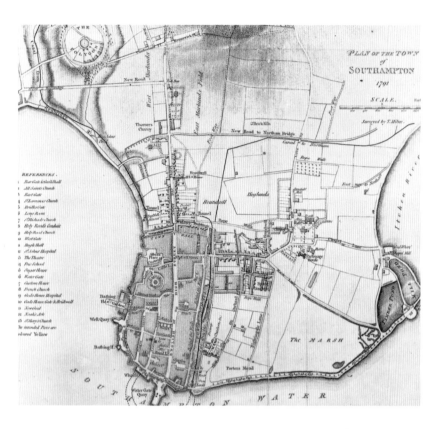

♦ 사우샘프턴 도시 계획도. 오스틴 가족들이 살았던
캐슬 스퀘어와 그들의 정원을 경계로 하는 도시의 성벽이 보인다.
제인은 이곳을 걷는 걸 좋아했다.

주변 환경이 이상적으로 바뀌자 제인의 정신세계는 확실히 성숙해졌고 그해 말, 그녀의 편지는 새로운 평정심으로 남은 사우샘프턴 생활을 즐겁게 마무리하려는 계획으로 가득 찼다. 12월 9일에 쓴 편지에서 그녀는 이렇게 주장했다. "15년 전 우리가 춤을 췄던 곳과 같은 장소야! 난 다 끝인 줄 알았고 나이가 엄청 더 많이 든 것이 아쉽지만 그때처럼 지금도 꽤 행복하다는 데 감사하고 있어."

그해 말, 다루기 힘든 지인인 머든 양 때문에 "그녀의 나이에 친구 없이 외톨이로 지내는 건 포로 생활과 다름없을 거야"라며 우울함을 슬쩍 내비쳤지만 이내 행복한 기대로 돌아왔다. "그래, 맞아. 우리에게는 30기니로 살 수 있는 최고의 피아노가 생길 거고, 난 컨트리댄스를 연습할 거고 그래서 조카들과 함께 즐거운 시간을 보내려고 해……"

스페인 서북부의 항구 도시 라코루냐에서 존 무어 경(반도 전쟁 당시 프랑스군에 대적해 라코루냐에서 해전을 벌이다 큰 부상을 입었으나 영국군을 승리로 이끌기 전까지 눈을 감지 않은 것으로 유명한 인물로 '라코루냐의 무어'라고 불리기도 한다 ─옮긴이)이 사망한 소식은 당시 커샌드라에게 보낸 두 통의 편지를 통해 알 수 있다. 제인은 "존 경이 자신의 죽음으로 기독교인과 영웅을 하나로 결합시켰길 바라"라고 언급했는데 죽어 가면서 ㄱ가 동료가 아닌 하느님에게 초점을 두었어야 했다고 생각했기 때문이다. 제인의 종교관을 드러내는 아주 드문 자료로 설교문을 읽는 것을 즐기는 부분과 더불어, 또한 수년에 걸쳐 기도문을 만든 것으로 보아 그녀가 기독교에 정착한 것을 알 수 있다. 이 파트는, 제인이 출판업자 크로스비에게서 〈수전〉 원고를 돌려받으려고 시도하는 것에서 끝난다(그는 원고를 사용하지 않았지만 돈도 주지 않고 소유권을 포기하는 것까지 거절했다). 그녀가 다시금 문학 활동으로 돌아온 건 어쩌면 엄청난 창의력이 폭발할 조짐을 드러내는 것이라고 볼 수도 있다.

1807년 1월 7일 수요일 사우샘프턴

커샌드라 언니에게

언니의 편지가 일요일에 올 줄 알고 내가 기다렸다고 생각했다면 오산이야.
화요일이 되기 전까지는 언니의 편지를 받을 거라는 생각조차 하지 않았고
덕분에 어제 전처럼 고대하다 실망하는 일 없이 온전한 기쁨을 누릴 수 있었
어. 편지를 써 줘서 고마워. 두 편지를 한 통에 담아 보낸 것 같아. 엘리자베
스가 한결 좋아졌다는 소식을 들으니 아주 기쁘고 언니가 캔터베리에서 돌
아오기 전까지 그녀를 더 잘 봐주길 바라……

이 편지를 받을 즈음이면 우리의 손님들이 모두 돌아갔거나 가고 있겠지. 그
리고 난 편안하게 내 시간을 누리며 라이스 푸딩과 애플 덤플링의 고문에서
해방될 수 있을 것 같아. 좀 더 평범한 음식을 내놓아 손님들을 모두 기쁘게
해 주었더라면 하고 후회할지도 모르지만.

⬇ 이 18세기 후기 그림처럼 제인은
프랭크가 스케이트를 타는 모습을
지켜볼 수 있길 바랐다.

J. 오스틴 부인이 내게 자신과 함께 스티븐턴으로 돌아가자고 부탁했어. 아직 대답하지 않은 상태인데 그녀는 어머니에게 F. 오스틴 부인이 출산할 때 곁에 있어 달라고 요청했고 어머니는 반 정도 넘어간 것 같아……

금요일에는 산책하러 나가지 않았어. 밖이 너무 더러웠고 우리도 할 일을 마무리 짓지 못한 상태였거든. 산책 대신 아마 오늘처럼 움직일 것 같아. 프랭크 오빠가 스케이트를 타는 걸 본 다음(오빠는 초원에서도 타고 싶어 해)…… 페리가 내려다보이는 길을 걸을 거야……

지인들이 급격하게 늘어나고 있어. 프랭크 오빠는 최근에 버티 제독을 알게 되었고 며칠 뒤에 제독과 따님인 캐서린을 만났지. 두 사람에게는 좋아할 부분도, 싫어할 부분도 없어. 랜스 가족에게 카드를 빌린 구실로 버티 제독을 소개해 줬고 어제 프랭크 오빠와 내가 랜스네에 갔다 왔어……

애정을 담아, *J. A.*

집에 온 손님들이란 제임스와 메리 오스틴과 그들의 어린 딸 캐럴라인이다. 제인에게는 이제 메리라는 이름의 새언니가 2명이 되어 'J. 오스틴 부인' 혹은 'F. 오스틴 부인'으로 구별해 지칭했다.

스케이트를 타는 광경은 겨울에만 볼 수 있는 아주 기분 좋은 연회와도 같다. 영국의 수채화가 J. A. 앳킨슨의 1810년 작.

1807년 2월 8일 일요일 사우샘프턴

사랑하는 커샌드라 언니에게

마지막으로 쓴 편지에 내가 생각했던 것보다 더 많은 이야기를 담았기에 별로 할 말이 없지만 조금이라도 소식을 전하고 싶어 편지를 써……

엄청 성격이 좋은 남성 덕분에 우리 집 정원은 제 모습을 찾아 가고 있어. 혈색이 아주 좋은 그는 두 번 묻는 법이 없어. 자갈길 경계의 덤불을 보더니 그가 장미가 두 종류 섞여 있는데 하나는 그저 그런 장미라고 하더라고. 그래서 우리는 더 나은 품종을 키우기로 했고 그가 고광나무를 좀 심어 주었으면 하는 게 나만의 바람이야. 쿠퍼의 시구절을 좋아하니 라일락이 빠질 순 없지. 우리는 또한 금사슬나무에 대해 이야기했어……

아침에 안개가 너무 자욱해 꼬마 손님을 보지 못할까 봐 걱정했는데 프랭크 오빠가 혼자 교회에 가서 예배를 마친 다음 그 애를 챙겼어. 지금 꼬마 손님은 내 곁에서 재잘거리며 내 책상 서랍 속 보물들을 뒤적이는 중이야. 아주 행복한 표정으로. 꼬마 손님은 전혀 낯을 가리지 않아…… 세상의 부끄러움이 다

↓ 파인의 《소우주》에서 발췌한 일하는 정원사의 모습.

어디로 사라졌을까?……

저녁. 꼬마 손님이 우리에게 엄청난 즐거움을 남겨 둔 채 막 집을 떠났어. 그 애는 착하고 꾸밈없고 개방적이고 애정이 많은 소녀고 가장 품성 좋은 아이한테서 볼 수 있는 교양을 갖출 준비를 마쳤어. 그 애 또래였을 때 나와는 전혀 달라서 종종 엄청 놀랍기도 하고 부끄럽기도 해……

월요일. 이번 주에 제임스 오빠가 다시 온다고 해도 난 놀라지 않을 거야. 오빠가 우리한테 곧 돌아온다고 말했고 에버슬리에 갔다면 다음 주까지는 오지 못하겠지.

♣ 세계에서 가장 오래된 식물학 잡지 〈커티스 보태니컬 매거진〉 (영국의 식물학자 윌리엄 커티스가 1787년 창간했다 ─옮긴이)에 수록된 금사슬나무.

오빠랑 즐거운 시간을 보내지 못하는 게 유감스럽고 화가 나. 너무 착하고 괜찮은 사람과 함께한다면 그 자체로 감사하겠지만 오빠가 하는 말은 모두 강요에 의해 의견의 상당 부분이 자기 아내의 생각을 고스란히 따른 거고 오빠가 여기 와서 한 일이라고는 집 주변을 산책하고 문을 쾅 하고 세게 닫거나 물을 달라고 초인종을 누른 것밖에 없으니까.

♣ 보통 라일락이라 불리는 서양수수꽃다리. 〈커티스 보태니컬 매거진〉은 이렇게 기록했다.
"라일락만큼 이 나라에서 잘 알려진 덤불이자 전 세계적으로 재배되는 종은 찾아보기 힘들다.
라일락으로 활기를 불어넣지 않은 집은 없으며 라일락 관목 숲이 아름답지 않은 경우도 보기 어렵다."

그래서 내 맘대로 언니한테 편지를 써서 스스로를 즐겁게 하는 중이야. 하지만 존슨 박사의 말처럼 난 사실보다는 생각에 더 집중하는 사람 같아······

이만 줄일게, *J. A.*

⬇ 제임스 오스틴의 세밀화. 제인의 큰오빠로 아버지의 뒤를 이어 스티븐턴에서 목사로 일했다.

❤ 정원은 사우샘프턴 캐슬 스퀘어의 집에 있다. '쿠퍼의 시구절'에는 "금사슬나무가 풍성하게 황금물결을 이루고, 라일락은 상아처럼 순수하다"라고 적혀 있다. '꼬마 손님'이란 사우샘프턴 하이필드 하우스에 사는 푸터 대령의 아이인 캐서린을 말한다.

1808년 6월 15일 수요일 가드머섬

커샌드라 언니에게

어디서부터 말을 꺼내야 할까? 내게는 중요한 시시콜콜한 주제 중 제일 먼저 무얼 말해야 하지? 어제 아침 7시 반에 우리가 마차를 타고 들어오는 걸 헨리 오빠가 봤어. 우리는 바스 호텔에서 돌아오는 길이었어. 말이 나왔으니 말인데 거긴 정말 불편한 곳이었어. 아주 불결하고, 시끄럽고, 제대로 정비되어 있지 않았어······ 다트퍼드에서 2시간 45분을 달려 우리가 아침을 먹었던 곳과 같은 여인숙에 들렀어. 상황은 전혀 나아지지 않았더라고.

10시 반에 우리는 다시 길을 나섰고 별다른 어려움 없이 오후 3시에 시팅번에 도착했어…… 물론 고작 몇 분 동안만 시팅번에 있었고 그렇게 또 달리고, 달리고, 달려서 6시에 가드머섬에 도착했어.

우리가 도착했을 때 집 앞에 남자 형제 둘이 자연스레 마중 나와 있더라고. 패니와 리지는 홀에서 우리를 보고 엄청나게 기뻐했지. 우리는 몇 분을 걸어 응접실로 갔고 그런 다음 각자 방을 안내받았어. 메리는 큰 방을 혼자 썼어. 난 말 그대로 노란색 방에서 지금 편지를 쓰는 거야. 이렇게 근사한 공간을 나만 쓴다고 생각하니 어색하고 언니 없이 가드머섬에 있는 것 또한 이상하게 느껴져.

엘리자베스는 우리가 도착했을 때 단장 중이었고 이후 메리앤, 찰스, 루이자와 함께 잠시 날 보러 왔어. 언니도 알겠지만 엄청난 환대였어. 에드워드 오빠에게서 받았던 것 같은 그런 환영인데 말 안 해도 알겠지. 그렇지만 말하고 싶어. 생각만으로도 즐거우니까. 그렇게 건강한 모습은 처음 봤고 패니는 오빠가 완전히 회복했다고 했어. 엘리자베스의 미모도 상당했지만 살짝 감기 기운이 있는 것 같아……

⚓ 파인의 《소우주》에 등장한 농장의 모습. 다용도의 번식 축사가 노아의 방주를 연상시킨다.

목요일…… 어제는 전형적인 가드머섬의 하루였어. 신사들이 에드워드 오빠의 농장으로 말을 타고 갔고 벤타이(허허벌판인 사유지에 자갈을 깔고 가로수를 심어 조성한 인공 산책로 -옮긴이)로 산책 갈 때에 맞춰 돌아왔어. 저녁 식사 후에 템플 농장을 방문했는데 확실히 슈발리에 바야르의 농가다웠어. 제임스 오빠와 메리는 그곳의 아름다움에 매료됐어. 오늘 두 형제가 의장을 맡아 캔터베리로 가는 일로 한껏 들떴어……

난 상당히 나른하고 쓸쓸해. 아마도 감기에 걸렸나 봐. 하지만 3년 전에 언니와 해리엇과 샤프 양과 함께 있을 때 우리는 혈기 왕성했지. 우리가 차츰 철들고 있나 봐.

금요일. 난 모두에게서 사랑을 듬뿍 받았어.

애정을 듬뿍 담아, 제인

🖤 제인은 제임스 오스틴과 그의 어린 두 자녀와 함께 가드머섬을 방문했다. 패니와 리지는 그 집에서 가장 나이가 많은 딸들이다. 메리앤, 찰스, 루이자는 에드워드의 대가족 자녀들이다. 엘리자베스는 열한 번째 아이를 임신 중이다. 해리엇(브리지스)은 엘리자베스의 동생이다. 앤 샤프는 가드머섬 아이들의 가정 교사로 일하고 있다.

1808년 6월 30일 목요일 가드머섬

사랑하는 언니에게

프랭크 오빠가 돌아온다는 기쁜 소식을 전할게. 진정한 항해를 마치고 말이야. 몇 주 안에 도착할 거라는 기대는 하지 말라고 들었지만. 바람이 아주 거세지만 오빠가 이 근방에 왔을 거라 생각해. 패니는 몇 시간 안에 이리 도착

▮ J. G. 우드의 《켄트의 귀족과 신사의 영지》(1800년)에 나온 가드머셤의 모습.

할 거라고 기대하고 있어……

언니가 애나의 키를 알려 주면 그 애가 패니만큼 큰지 알 수 있을 거야. 그리고 F. 오스틴 부인에게 어울릴 만한 작은 선물을 추천해 주지 않을래? 그녀에게 뭐라도 가져가고 싶어. 그녀한테 은 나이프가 있어? 아니면 브로치가 나을까? 내가 쓸 수 있는 돈은 반 기니밖에 안 되지만……

아침 식사도 하기 전인데 너무 많이 적었어. 지금은 12시 반이고 리지가 책 읽는 소리를 들으며 난롯불이 잘 피워져 있는지 확인하러 서재로 가는 길이야. 우리가 10시에 모였을 때 불이 피워져 있는 것을 보고 놀랐고 이곳의 따뜻하고 행복한 고독이 오늘 편지를 써야겠다는 마음이 들게 해 주었어……

다음 주면 난 집으로 돌아갈 거고 그러면 가드머섐에 있던 날들은 한바탕 꿈저럼 느껴질 거야.

곧 오렌지 술을 담가야 할 것 같아. 하지만 그 전에 우아함과 편안함과 호사를 누리려고 오늘 라튼과 마일즈 가족과 함께 식사하기로 했어. 얼음을 먹고 프랑스 와인을 마시며 흥청거려야지. 우정이 주는 즐거움은 거리낌 없는 대

화와 취향과 의견이 비슷하다는 말이니 술을 담그는 힘든 노동을 잊게 해 줄
충분한 보상이 될 거야……

애정과 사랑을 담아, J. A.

💟 가정 교사가 없을 때 제인은 새언니를 도와 아이들의 공부를 봐주고 리지가 책 읽는 것도
들어 주었다.

1808년 10월 13일 목요일 캐슬 스퀘어

사랑하는 커샌드라 언니에게

언니의 편지를 받았고, 어젯밤 슬픈 소식이 전해진 터라 예상대로 아주 우울
한 내용이었지. 우리가 받은 소식에는 특별히 자세한 내용은 없었어. 마사의
여동생이 보낸 짧은 편지로 스티븐턴에서 시작해 윈체스터에서 끝났거든.
우리는 느꼈고 지금도 느끼고 있으니 굳이 말 안 해도 알아. 언니와 패니, 헨
리 오빠, 레이디 브리지스, 게다가 가여운 에드워드 오빠가 느끼는 상실감과
고통은 누구와 비교할 수 없을 정도로 심할 테니까. 오, 하느님! 언니가 오빠
를 위로해 줄 수 있어 다행이야. 오빠는 신심이 강하니까 견딜 수 있을 거고
차츰 괜찮아지겠지.

내 사랑하는 패니! 그녀가 언니와 함께 있어서 너무 감사해! 언니는 그녀에
게 전부일 거고 사람이 줄 수 있는 모든 위안을 선사해 줄 거야. 하느님이 모
두를 지탱해 주실 거고 낭신이 언니노 시켜 수실 거라 믿어. 그러니까 지금
은 언니가 제일 중요한 사람이라는 걸 잊지 마.

스티븐턴에 있는 가여운 아이들도 소식을 듣겠지. 어쩌면 거기 있는 게 그

애들에게는 더 나을지도 몰라. 우리와 같이 있는 것보다는 학교에서 운동하고 다른 즐거운 방법을 찾을 수 있을 테니까. 하지만 그 생각을 하니 실망이 밀려와. 그 애들과 함께하던 순간을 즐겼어야 했는데. 난 이 편지를 부치면서 에드워드 오빠한테도 편지를 쓸 거야······ 더 많은 소식을 듣고 싶어······ 사랑하는 언니, 지금은 이만 줄일게. 에드워드 오빠한테 우리 모두 고통에 동참하고 오빠를 위해 기도한다고 전해 줘.

애정을 담아, J. A.

🌿 에드워드의 아내 엘리자베스가 1808년 10월 10일 갑작스럽게 세상을 떠났다. '가여운 아이들'이란 어린 에드워드와 조지를 말한다. 그들은 윈체스터칼리지에 있다가 며칠간 특별 휴가를 받았다.

⬇ 롤런드슨이 펜과 잉크로 그린 장례식 행렬. 가드머섐에서 있던 엘리자베스 나이트의 장례식도 이와 유사한 모습일 것이다.
제인은 "내일은 언니 오빠 모두에게 힘든 하루가 되겠지······
장례식이 끝났다는 소리를 들으면 난 기쁠 거야"라고 적었다.

커샌드라 언니에게

이런 힘든 시기에 언니가 해 준 말이 우리에게 큰 위안이 되었어……

리지에 관한 이야기가 아주 흥미로웠어. 가여운 아이! 누군가는 그 애가 **강해질 거라** 생각하지만 여덟 살에 부모를 여의는 건 참 가슴 아픈 일이야.

언니는 시신을 봤지? 어떤 모습이었어? 에드워드 오빠가 장례식에 참석하지 않기를 우리는 바라고 있어. 하지만 그러기는 힘들 거야…… 제일 필요하다 싶은 장례용 의상을 보내. 내가 가지고 있던 언니의 스타킹과 벨벳 반쪽까지 내 마음대로 챙겼어. 난 검고 얇은 천을 두른 차림일 거야……

일요일…… 우린 계속 언니 생각을 하고 있어. 난 마음의 눈으로 그날의 모든 다양한 상황 속에서 언니의 모습을 그려 보았어. 그리고 저녁이 되니 말로 설명하기 힘든 슬픈 우울함이 자꾸 솟아 날 덮쳐.

⚜ 〈리포지터리〉에서 발췌한
여성과 아이의 장례식 복장.
제인은 새언니의 장례식을 대비하는
커샌드라를 위해 옷을 준비해 보냈다.

가여운 에드워드 오빠는 절망에 빠져 이곳저곳 서성이고 아마 좀처럼 엘리자베스의 시신을 보러 위층에 발걸음하지는 못할 것 같아……

그만 줄게. 전에도 말했지만 너무 자주 편지를 쓰지 않아도 돼. 가여운 아기가 언니에게 특별한 불안감을 주지 않는 걸로 우리는 진심으로 기뻐하고 있어. 우리를 대신해 사랑하는 리지에게 입맞춤을 해 줘. 패니에게 내가 하루 이틀 안에 샤프 양에게 편지를 쓸 거라고 알려 줘.

언니를 가장 사랑하는 J. A.

1808년 10월 24일 월요일 캐슬 스퀘어

사랑하는 커샌드라 언니에게

에드워드와 조지가 토요일 7시 직후에 아주 건강한 모습으로 우리를 찾아왔어. 하지만 마차 밖에 앉아서 추위에 떨었고 제대로 된 코트가 없었는데 착한 마부 와이즈 씨가 자신의 코트를 그 애들에게 빌려준 거 있지……

둘은 모든 면에서 제대로 행동하고 모두가 기대한 그런 모습을 보여 주고 있어. 아버지에 대한 애정이 대화에서 항상 묻어나. 어제는 각각 아버지에게 받은 편지를 읽어 주며 많은 눈물을 흘렸어. 조지는 크게 흐느꼈지만 에드워드는 쉽게 울지 않았어. 하지만 내가 보기에는 둘 다 자신들이 겪고 있는 상황에 적잖이 영향을 받은 것 같아……

우리는 흥겹게 놀고 싶은 마음은 없었어. 그래서 조지가 포기할 줄 모르는 빌보캐치(컵에 작은 공을 끈으로 연결하고, 그 컵 속에 공을 넣는 놀이 -옮긴이), 나무 조각 떼기 놀이, 종이배 접기, 수수께끼, 어려운 문제 풀기, 카드 정도만 했어. 강에서 썰물과 파도를 살피고 가끔 밖으로 산책하는 것이 다였지. 다정한 아빠가 윈체스터에서 수요일 밤까지 돌아오지 않은 관계로 우리는 그 애들과 많은 시간을 함께할 수 있었어……

에드워드는 낡은 검은 코트를 입었고 다시 새것을 사기 전까지 계속 입을 생각인가 봐. 하지만 난 그 애들한테 검정 바지가 필요하다는 걸 알았고 당연히 이런 상황에서 불편하지 않도록 배려했어……

편지를 쓰고 있는 지금 조지는 열심히 종이배를 접고 이름을 붙이고 스티븐턴에서 가져온 마로니에 열매를 던져 넘어뜨리고 있어. 에드워드는 우리 집에서 제일 좋은 의자에 앉아 몸을 꼬며 《킬라니 호수》(영국 작가 애나 마리아 포터가 1804년 출간한 소설로 보인다 -옮긴이)를 만족스럽게 읽고 있어.

화요일…… 초턴에 대해서는 더 이상 할 말이 없지만 지금 내 앞에 놓인 언니의 편지를 보고 있자니, 이 편지를 읽어 드리면 어머니는 분명 더 기뻐하며 계획을 세우실 거야……

우린 막 킨트버리에서 두 바구니 가득 사과를 땄고 작은 다락방 바닥이 거의 사과로 덮였어. 모두에게 사랑한다고 전해 줘.

애정을 담아, *J. A.*

✤ 이 윈체스터의 모범생에 대해 아커만의 설명은 이렇다. "부수적인 무늬가 들어가지 않았고 모든 측면에서 조각상과 같은 복장을 보인다. 어떤 학생도 흰 바지를 입고 학장 앞에 서지 않는다. 겉옷의 단추를 풀어 헤치지도 않는다."
책 《윈체스터, 이튼 그리고 웨스트민스터칼리지의 역사》(1816년)에서 발췌한 그림.

1808년 12월 9일 금요일 캐슬 스퀘어

사랑하는 커샌드라 언니에게

정말 고마워. 언니와 디데스 씨가 합류해 제대로 한 무리를 이루어 줄 거라니. 그 소식을 듣고 난 오늘 아침에 정말 놀랐지 뭐야……

지인이 많아지고 즐거움도 커지는 건 이삿날이 다가오는 것과 함께 꽤 흥분되는 일이야. 맞아, 난 최대한 많은 무도회에 참석할 생각이고 어쩌면 멋진 구혼자가 나타날지도 몰라. 모두가 우리가 떠나는 일로 걱정이 많고 다들 초턴을 알게 되어 그곳을 엄청나게 아름다운 마을이라 생각하고 있어. 우리가 초턴의 집에 대해서도 이야기해 줘서 다들 알게 되기는 했지만 뭐가 어디에 있는지 제대로 이해한 사람은 아무도 없어.

내게 흥미를 보이며 날 받아 준 나이트 부인에게 큰 신세를 졌어. 그녀는 내가 파필론 씨와 **결혼할** 거라고 생각해. 그쪽에서나 혹은 내가 거절할 수도 있는데 말이야. 난 그런 하찮은 희생 그 이상으로 그녀에게 보답해야 해.

무도회는 생각보다 즐거워서 마사는 엄청나게 즐겼고 나도 마지막 15분까지 지루하지 않았어. 9시가 좀 넘은 시간에 집을 나섰고 돌아오니 12시가 좀 안 됐더라고. 무도회장은 사람들로 발 디딜 틈이 없었어. 대략 서른 쌍이 춤을 췄지. 우울한 부분은 수십 명의 아가씨가 파트너 없이 가만히 서 있었다는 것과 약속이나 한 듯 다들 어깨 양쪽을 흉하게 드러낸 거였어!

15년 전 우리가 춤을 췄던 곳과 같은 장소야! 난 다 끝인 줄 알았고 나이가 엄청 더 많이 든 것이 아쉽지만 그때처럼 지금도 꽤 행복하다는 데 감사하고 있어. 우리는 추가로 돈을 내고 더 편안한 연회장을 선택해서 차를 마셨어. 춤은 네 번밖에 없었고 랜스 양들(그중 한 사람의 이름이 에마야!)이 파트너가 2명뿐인 게 마음이 아팠어. 나한테 춤추자고 한 신사가 있었을 거라는 기대는 언니가 하지 않겠지만 일요일에 도베르뉴 대령과 있을 때 만났던 신사한

⚓ 이탈리아의 무용가 카를로 블라시스의 이론·기술서
《무용술》(1830년)은 컨템퍼러리 댄스의 우아한 움직임을 잘 보여 준다. 이 삽화들은 '카드리유(주로 네 쌍의 남녀가 사각형을 이루어 추는 춤으로 18세기 후반~19세기에 유행했다 =옮긴이)에서 손잡는 법'을 설명하고 있다.

테서 요청을 받았어. 우리는 이후로 쭉 인사하고 지내는 사이였지. 그의 검은 눈동자를 보니 즐거워져서 난 예의를 차리며 그에게 무도회에 대해 말했어. 하지만 그의 이름을 알지 못하고 그는 영어권에서 거의 있지 않았던 터라 말을 잘 못 해서 검은 눈동자가 최고였던 것 같아……

언니가 다시 헨리 오빠와 지낸다니 기뻐. 다들 언니를 즐겁게 해 줄 거고 크리스마스에도 그럴 테지……

제대로 된 손길 안에서 절대로 지치지 않고 피어나는 애정 어린 사랑을 나눠줄게.

진심을 담아, *J. A.*

❦ 파필론 씨는 초턴의 총각 목사로 나이트 부인은 그가 제인에게 어울리는 신랑감이라고 생각했다.

중매쟁이인 제닝스 부인이 메리앤 대시우드를 당황케 했다

〈이성과 감성〉 중에서

제닝스 부인은 넉넉한 과부 급여를 받는 미망인이다. 딸이 둘 있었는데 양쪽 다 시집을 잘 가서 지금 그녀에게는 다른 이들을 짝지어 주는 것 말고 할 일이 없었다. 이 목표를 달성하려고 그녀는 자신의 능력이 닿는 한 열성적으로 움직였고 젊은 지인들의 결혼을 추진할 기회를 결코 놓치지 않았다. 그녀는 호감을 알아차리는 데 선수여서 아가씨들이 뺨을 붉히는 모습을 보고 즐거워하며 청년들에게 넌지시 알려 주었다. 이런 안목 덕분에 그녀는 바턴에 도착한 즉시 브랜던 대령이 메리앤 대시우드를 사랑하게 되었다고 확신하듯 말할 수 있었다……틀림없이 그랬다. 그녀는 전적으로 확신했다. 대령은 부자고 그녀는 아름다우니 근사한 한 쌍이 될 것이다.

1808년 12월 27일 화요일 캐슬 스퀘어

커샌드라 언니에게

이제 난 즐겁게 편지를 쓸 수 있고 전할 이야기를 거의 다 할 수 있어. 다행히 이번 주에는 별일이 없었어……

레이디 손데스의 중매는 놀라웠지만 불쾌하지는 않았어. 그녀의 첫 번째 결혼이 사랑으로 이루어진 선택이었거나 그녀에게 다 큰 딸이 있었다면 난 그녀를 용서하지 않았을 거야. 하지만 모든 사람이 가능하다면 평생 한 번쯤은 결혼할 권리가 있다고 생각해. 그래서 지금 그녀가 내게 지끈거리는 두통을 선사하고 나 자신을 애처롭게 느끼도록 만들었지만 난 그냥 내버려 둘 거야. 행복을 위해서……

목요일 저녁에 있었던 파티에 머든 양이 온 것이 가장 놀라운 사건이었어. 그날 아침에 그녀는 완강히 거절했었거든. 아주 무례한 태도로 앉아서 7시부터 11시 반까지 우리와 같이 있으며 입도 뻥긋하지 않았지. 마부들을 돌려 보내려니 시간이 너무 많이 늦어 버렸지 뭐야.

마지막 1시간은 모닥불 앞에 둘러앉아 하품하며 지루하게 몸을 떨었지만 쟁반 위에는 엄청나게 괜찮은 음식들이 차려져 있었어. 홍머리오리와 잘 보존

된 생강은 상상했던 대로 맛있었어. 하지만 우리가 가져간 블랙 버터는 사우샘프턴 사람 어느 누구도 제대로 홀리지 못했어, 왜냐하면 다 먹고 없어졌으니까……

수요일…… 머든 양이 어제 보여 준 모습은 이전과는 상당히 다른데 그녀가 마사의 도움으로 오늘 아침 상황을 알게 되었고 그 덕에 아주 편안해졌어. 그녀는 마차에 올라 스티븐턴을 떠나 약사인 후키 부인의 하숙집에서 지냈어. 후키 씨가 집을 비웠거든. 그녀가 최근 방문에서 보여 준 행동에 대해 난 조급하게 결론을 내릴 생각은 아니지만 그녀의 정신과 마음이 편안해진 걸 보니 정말로 기뻤어. 그녀의 나이에 친구 없이 외톨이로 지내는 건 포로 생활과 다름없을 거야……

그래, 맞아. 우리에게는 30기니로 살 수 있는 최고의 피아노가 생길 거고, 난 컨트리댄스를 연습할 거고 그래서 조카들과 함께 즐거운 시간을 보내려고 해……
몸 건강히 잘 있어.

사랑하는 *J. A.*

⬇ 귀중한 소유품인 숙녀의 피아노를 보여 주는 섭정 시대 판화.

레이디 손데스는 앙리 몽트레소 장군과 결혼했다. 블랙 버터 또는 애플 버터는 '간단하고 저렴하고 근사한 과일 설탕 조림'이다. 머든 양은 불평 많은 노처녀인데 커샌드라와 제인이 친구가 되어 주었다.

돈이 많은 독신 여성의 삶이 축복이라는
에마의 관점이 드러난 부분이다 _〈에마〉 중에서

"그렇다면 베이츠 양처럼 결국 노처녀가 되는 거지!"

"그건 네가 생각할 수 있는 가장 엄청난 상상일 거야, 해리엇. 그리고 난 절대 베이츠 양처럼 되고 싶지 않아! 너무 멍청하고 너무 안주하고 너무 실실거리고 너무 작위적이고 너무 뻔하고 너무 깔끔하지 못하고 그래서 나에 대해 모두에게 떠벌릴 테지. 차라리 내일 당장 결혼하는 쪽이 나을 거야. 하지만 우리끼리 이야기인데 독신이라는 것만 빼면 마음에 드는 점이 하나도 없어."

"하지만 그러다가는 노처녀가 될 거야! 그건 끔찍한 일이야!"

"신경 쓰지 마, 해리엇. 난 가엾은 노처녀가 되지 않을 거니까. 그리고 일반인들이 독신을 경멸하는 유일한 이유는 가난해서야! 아주 적은 소득을 가진 독신 여성은 분명 터무니없고 불쾌한 노처녀야! 여러 사람에게 욕먹기 딱이지. 하지만 부자인 독신 여성은 항상 존경받고 다른 사람과 마찬가지로 분별이 있고 유쾌한 존재야"

1809년 1월 24일 화요일 캐슬 스퀘어

사랑하는 커샌드라 언니에게

이번 주에는 금요일이 아닌 목요일에 편지를 받을 수 있는 기쁨을 누리게 해줄게. 그렇다고 언니가 일요일 전에 답장을 쓸 필요는 없어. 언니와 언니의 손가락이 분주할 테니까. 소중한 몸을 잘 보살펴 줘. 너무 열심히 일하지 말고. 커샌드라 고모는 베벌리 양처럼 귀한 존재라는 걸 잊지 마.

어제 찰스한테 편지를 받아 기뻤지만 그 이야기는 최대한 자제할 생각이야. 힘든 헨리 오빠도 곧 편지를 받게 될 테니 내 지식을 허비할 수는 없잖아. 12월 7일과 10일에 버뮤다에서 쓴 편지였어. 다들 잘 있고 패니만 유일하게 아직 기대를 버리지 못하고 있어. 찰스는 최근 항해로 작은 포상을 받았어. 설탕과 기다란 프랑스 잔이라던데 악천후에 부서졌고 아직 찾지 못했대……

언니가 알려 준 패니 소식에 난 기뻤어. 그 애가 잘해 나가다 갑자기 망가지지 않길 바라. 우리는 어제 진지하게 패니에 대해 생각하고 이야기를 나누었고 그 애가 타고난 모든 행복을 오래 즐기길 바라. 패니기 주변 사람들에게 행복을 나누어 준다면 자신의 몫이 어느 정도인지 확실히 알 수 있겠지.

내가 쓴 글을 보고 그 애가 즐거워

♣ 파인의 《그레이트브리튼의 의상 백과》에 등장한 집배원의 모습.

했다니 기뻐. 하지만 패니의 안목 있는 비평에 노출되어 내 문체가 영향을 받지 않았으면 좋겠어. 난 고독을 아주 많이 즐겨야 하거든. 이미 전보다 더 단어와 문장에 비중을 두고 감상, 삽화, 모든 은유를 살피고 있어. 저장 창고에 내리는 비처럼 아이디어가 빠르게 샘솟을 수 있다면 참으로 근사할 텐데. 지난주에 두세 가지 끔찍한 상황을 겪었어. 눈이 녹은 것 등등 하며…… 우리와 옷장의 대결이 우리의 패배로 끝났어. 이제 거의 모든 것을 거기서 꺼내고 옷장을 물이 흐르는 그대로 놔두어야 해……

언니의 화분이 다 죽었어. 화초들이 전부 상태가 아주 안 좋아.

그럴 만도 하지……

다정한 언니, 이만 줄일게. 스페인에서 가슴 아픈 소식이 날아왔어. 무어 박사가 아들의 비통한 죽음을 몰라서 다행이야.

사랑하는 *J. A.*

베벌리 양은 프랜시스 버니의 소설
《세실리아》(1782년)에 등장하는 여주인공이다.
'아들의 비통한 죽음'은 라코루냐에서 사망한
존 무어 경을 말한다.

↓ 1809년 전사한 존 무어 경.

1809년 4월 5일 수요일 사우샘프턴

크로스비 출판사에

1803년 봄에 〈수전〉이라는 제목으로 나온 두 권짜리 여류 소설이 시모어라는 한 신사에게서 귀사로 팔렸고 구매가는 10파운드였습니다. 그로부터 6년이 지났고 초기에 약정한 시간에 출간하기로 했으나 이 작품의 저자인 저는 출간본을 결코 보지 못했습니다. 제 생각에 이런 특별한 상황이 발생한 것은 부주의로 원고를 소실했기 때문으로 사료됩니다. 따라서 그런 경우라면 기꺼이 다른 사본을 드려 출간할 수 있게 해드릴 것이고 귀사의 손에 들어간 뒤로 더 이상의 지연이 없길 바랍니다…… 아래의 주소로 어떤 공지도 오지 않는다면 다른 곳에 제안해서 제 작품을 자유롭게 출간해도 되는 것으로 간주하겠습니다.

신사분들에게, *M. A. D.*

애슈턴 데니스 부인 앞, 사우샘프턴 우체국.

❧ 이와 같은 제인의 요청에 대해 크로스비 출판사 측은 비협조적인 대답을 보내왔다. 제인은 애슈턴 데니스라는 필명으로 편지를 썼다(Mrs. Ashton Dennis의 첫 글자를 합치면 MAD, 즉 '몹시 화가 났다'는 뜻이 된다 ―옮긴이).

Part. 4

초턴에서 보낸 편지 Ⅰ

Chawton
1809~1813

↓ 초턴 하우스와 정원의 근사한 풍경을 담은 18세기 그림.

초턴 정착기

이 시기에 쓰인 편지는 아들을 낳은 프랭크를 축하하는 내용과 새로운 집에서 행복한 생활을 누리는 감정이 담긴 풍부한 시로 시작한다. 제인이 살았던 초턴 코티지는 지금도 옛 모습 그대로 견고하며 햇살이 잘 들어오는 방들이 공간감과 차분함을 느낄 수 있게 해 준다. 이 시기 제인은 정원에서 보내는 시간이 더 많아졌다. 토머스 나이트 부인은 오스틴 가족들이 코티지에 자리 잡은 직후 패니에게 편지를 보냈다. "초턴에 사는 가족들이 열흘 전부터 사륜 역마차를 타고 그들의 문 앞을 지나가는 한 신사를 보느라 아침 식사 때마다 즐거워한다는 이야기를 들었어."(초턴 코티지 현관 창문 아래로 윈체스터의 주요 도로가 지났다)

그러나 삶의 다른 부분은 어느 정도 제한적이었다. 오스틴 부인은 마차를 보유할 여력이 되지 않아서(물론 나중에 당나귀와 수레를 샀지만), 사교 활동은 걸어서 갈 수 있는 범위로 국한될 수밖에 없었다. 커샌드라와 제인은 여전히 멀리 사는 친척 집을 방문했지만 남자 형제들이 데려다줄 수 있을 때만 가능했다. 하지만 초턴은 스티븐턴에서 들판을 가로질러 달리면 하루도 안 걸리는 거리라 제임스는 아이들과 함께 어머니와 여자 형제들을 보러 올 수 있었다. 에드워드 가족은 초턴의 그레이트 하우스에 자주 머물렀다. 그리고 근처

♣ 젊은 시절의 토머스 나이트 부인.
당대 영국의 초상화가 조지 롬니의 작품.

인 올턴의 로즈 코티지에는 프랭크의 아내와 아이가 살았다.

제인에게는 이 시기가 엄청난 창작 활동의 시발점으로 그녀 스스로도 상당히 만족하고 어느 정도 명성도 얻었다. 처음에는 이름 없는 작가로 남으려고 했지만 그럴 수 없게 되자 그녀는 편지를 통해 문학계 인사라는 새로운 지위를 즐기고 있음을 풍자적으로 표현했다.

조카 몇몇은 이제 고모에 대한 각자의 의견을 가질 만큼 충분히 성장해 후에 회고록을 남기게 된다.

캐럴라인 오스틴은 고모에 대해 이렇게 적었다.

"아이들에게 엄청 다정하게 대해 주는 모습에서 아이를 좋아한다는 걸 알수 있다. 고모의 사랑을 받으면 자연스럽게 고모를 사랑할 수밖에 없다……그리고 내가 좀 더 컸을 때, 또는 사촌들이 함께 즐거운 시간을 보내러 찾아갔을 때 고모는 우리에게 근사한 동화 나라 이야기를 들려주었고 동화 속 주인공들은 한결같이 특색이 있었다. 분명 이야기는 즉석에서 꾸며 낸 것이겠지만 상황이 허락할 때면 가끔은 2~3일간 이어지기도 했다." 캐럴라인은 제인이 "그렇게 옷을 잘 입는 편은 아니지만…… 아주 단정했다"고 회상한다. 그녀는 활기차고 사이좋은 집안 분위기에 대해서도 언급했다. "가족들은 서로 싸울 줄 몰랐다."

제인의 피아노 소리와 함께 하루가 시작되고 누구도 그녀를 방해하지 않았다. 그런 다음 아침 식사를 준비하는 것이 그녀의 특별한 임무였다. 이제 집안 살림은 제인과 커샌드라가 도맡아 했고 오스틴 부인은 바느질과 정원 가꾸기에 힘썼다. 정원 일은 단순히 잡초를 뽑는 것에 그치지 않고 일복을 입고 감자를 캐는 것까지 강도가 높았다.

이웃을 방문하거나, 올턴의 상점에 가기 위해 외출하는 일이 아니면 제인은 자신의 시간 대부분을 글을 쓰며 보냈다. 방문객이 찾아오면 쓰던 원고를 재빨리 흡묵지(吸墨紙) 밑으로 숨겼다. 응접실 문이 열릴 때 삐걱거리는 소리가 나는데도 일부러 고치지 않고 놔두어서(지금까지도) 누군가가 온다는 걸 알고 대비했다.

♦ 수염패랭이꽃. 1811년 5월 초턴에서 쓴 제인의 편지에 이런 문구가 있다. "관목으로 이루어진 정원 전체가 이내 분홍빛과 수염패랭이꽃으로 뒤덮일 거야."

이 편지들이 오간 시절에 《이성과 감성》, 《오만과 편견》이 출간되었고 한창 《맨스필드 파크》를 집필했다. 출판업자와 인쇄사와 협상을 할 때 헨리가 도움을 주었고 제인은 그와 엘리자와 함께 슬론 스트리트에 머물며 교정을 봤다. 그녀는 이곳에 머물며 파티나 극장 구경을 즐겼고 망명한 앙트레그 백작과 오페라 가수인 그의 아내 등 엘리자의 외국 친구를 알게 되어 기뻐했다. 부부는 이듬해 남자 하인에게 살해당했고 백작이 이중간첩이라는 소문이 돌았다.

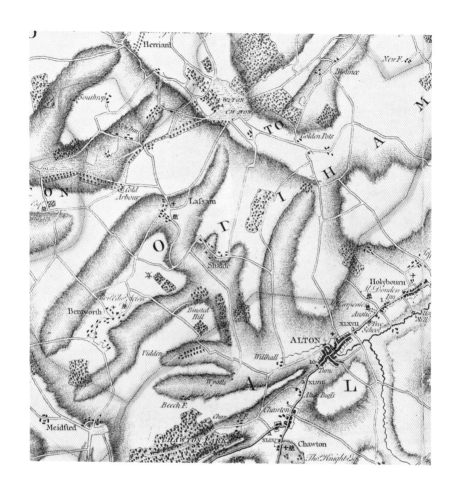

제인은 전시회장에 가는 것도 즐겼고 한 갤러리에서 빙리 부인(소설 《오만과 편견》의 제인 베넷)의 초상화를 찾은 걸 기뻐하며 언니에게 편지를 보냈다. 작품 속 등장인물들은 그녀에게 항상 실존 인물과도 같았고 조카 제임스는 제인이 인물과 관련해 시시콜콜한 정보를 추가로 알려 주기도 했다고 말한다. 일례로 《맨스필드 파크》에서 노리스 부인이 윌리엄 프라이스에게 준 '상당한 액수'의 팁은 1파운드다. 키티 베넷은 펨벌리 근교에 사는 성직자와 결혼했다. 우드하우스 씨는 에마가 결혼하고도 2년을 더 살았다.

1813년 4월, 엘리자 오스틴이 오랜 지병으로 슬론 스트리트에서 숨을 거두었다. 제인은 그녀 곁을 지켰고 이후로도 많은 시간을 헨리와 함께하며 오빠를 도우려고 애썼다. 1812년 나이트 노부인이 사망하고 에드워드와 그의 가족이 정식으로 나이트라는 이름을 받으면서 오스틴으로 남고 싶었던 패니는 몹시 화가 났다.

1813년 초 제인의 '아끼는 자식'인 《오만과 편견》이 문단의 호평을 얻으며 당대 가장 훌륭한 소설로 자리매김하자 섭정 왕자, 워런 헤이스팅스, 셰리든을 비롯한 많은 유명 인사가 일제히 칭송했다. 그렇게 제인은 《맨스필드 파크》 집필에 들어갔다. 그녀는 새로운 소설의 배경으로 노샘프턴셔를 염두에 두었고 헨리의 친구 제임스 랭엄 경이 소유한 코츠브룩 홀을 모델로 삼은 것으로 보인다. 1813년 1월 29일 커샌드라에게 보낸 편지에서 제인은 "가능하면 노샘프턴셔가 산울타리의 본거지인지 알아봐 줘. 그러면 난 다시 기뻐할 거야"라고 소감을 전했다. 나중에 《설득》에 등장했듯이 그녀는 한 인물이 울타리 반대편에서 대화를 엿듣는 장면을 구상했을 수도 있다.

나이트 가족은 그해 여름을 그레이트 하우스에서 보냈고 패니 나이트와 제인은 많은 시간을 함께하며 서로 즐거워했다. 패니의 여동생 메리앤은 두 사람이 가까이 지내는 걸 질투했고 침실의 닫힌 방문 너머로 《오만과 편견》을 낭독하며 터져 나오는 패니와 제인의 웃음소리를 들으며 그 자리에 끼지 못해 분개했다.

모든 조카가 제인이 낭독에 매우 소질이 있었다는 데 동의한다. 메리앤 역시 가드머셤에 방문했을 때 제인이 자리에 앉아 "서재의 벽난로 옆에서 조용히 일하여 한동안 아무 말도 없다가 갑자기 웃음을 터트리더니 벌떡 일어나 방안을 가로질러 종이와 펜이 놓인 테이블로 가서 무언가를 적고 다시 벽난로로 돌아와 전처럼 다시 조용히 일했다"고 기억한다. '일'은 맥락상 바느질을 의미하는 듯하다.

⇟ 숙녀들이 독서를 즐기고 있는 모습. 19세기 초 예술가 존 하든의 작품.

1813년 7월 애나가 벤 르프로이와 약혼하자 제인은 두 사람의 성격 차이 때문에 살짝 불안해했다. 하지만 결혼 생활은 성공적이었고 큰 결실을 맺었다. 아들 하나와 딸 여섯을 두었으니 말이다.

제인은 그해 가을 가드머섐에서 두 달을 보냈는데 그것이 그녀의 마지막 가드머섐 방문이 되었다. 커샌드라에게 쓴 편지에서 제인은 끊임없이 열리는 대저택의 파티를 질색하며 '소중한 패니와 함께 서재로 가서 즐거운 고요함을 즐기는' 잠깐의 휴식이 얼마나 값졌는지 알렸다. 이 편지는 이 시절의 마지막에 보낸 것으로 새로운 희망과 비할 데 없는 작업, 가족과 개인적 만족감의 영향과 예술적 성숙함이 커 가면서 생기는 행복이 고스란히 묻어난다.

1809년 7월 26일 수요일 초턴

사랑하는 프랭크 오빠에게

메리가 아들을 순산한 걸 기뻐하길 바라.

출산은 살짝 힘들었지만

그건 메리 제인과 비교했을 때지.

이 아이는 커 가는 축복의 증표고

부모의 사랑을 받을 충분한 자격이 있어!

예술적 기질과 착한 천성이

혈통 안에 그대로 담겨 있으니.

이 아이에게서, 그리고 아이의 모든 행동에서 우리는 어쩌면

또 다른 프랜시스 윌리엄을 보게 될 거야!

↧ 제인 오스틴의 필체 견본.
오스틴 일가가 초턴 코티지에 도착한 것을
축하하는 시의 일부가 담겨 있다.
메리 제인은 프랭크의 딸이다.

오빠의 어린 시절을 아이가 물려받고

오빠의 다정함, 무례하지 않은 태도까지.

우리는 어떤 결점도 찾지 못했어.

오빠를 쏙 빼닮았다는 생각을 살짝 할 만한걸……

우리는 아주 잘 지내고 있어.

자연스러운 글귀가 말해 줄 거야.

커샌드라 언니의 펜이 우리의 상태를 알려 줄 거고

많은 안락함이 기다리고 있어.

우리의 초턴 집. 우리는 그 속에서 얼마나 많은 것을 찾고

마음에 담았는지 몰라.

그리고 난 확신해. 이 집이 마무리되면

다른 어느 집과도 비교할 수 없을 거라고.

새로 지어지거나 수리된 어떤 집들과도 말이지.

간결한 방이나 넓은 방이나 마찬가지야.

내년에는 오빠도 우리가 얼마나 아늑하게 지내는지 알게 될 거야.

어쩌면 찰스와 패니가 근처에 있어 그럴 수도 있어.

지금은 그 점이 우리를 종종 기쁘게 해.

그들이 곧바로 우리에게 와 줄 거라 생각하면.

J. A.

사랑하는 커샌드라 언니에게

하고 싶은 이야기가 너무 많아서 더 이상 참지 못하고 편지로 옮겨…… 메리와 난 부모님을 모셔다 드리고 리버풀박물관과 브리티시갤러리에 갔고 두곳 다 즐거웠어. 물론 언제나처럼 사람을 더 좋아하는 난 주변 구경보다는같이 간 사람에게 더 집중하긴 했지만……

화요일 늦은 저녁에야 테오를 만났어. 일퍼드에 갔다 오느라 늦었다며 평범하고 의미 없고 냉랭한 겉치레만 하고 말았지. 헨리 오빠가 종일 은행에 있다가 퇴근길에 날 데리러 왔어. 15분 동안 일행에게 생기와 위트를 불어넣어주고 나서 오빠와 난 사륜마차에 올랐지……

유감스럽게도 난 점점 사치스러워져돈을 펑펑 쓰고 있어. 더 나쁜 건 언니의 몫까지 쓰고 있다는 사실이야. 리넨 상점에 들렀다가 1야드에 7실링을주고 모슬린을 사고 말았어. 색이 아름다운 모슬린에 혹했고 언니가 좋아할 것 같아서 10야드 정도 샀어. 언니한테 어울리지 않으면 굳이 떠안지 않아도 돼…… 내가 전부 가져도 괜찮아.우리가 딱 좋아하는 질감이고 내가 가지고 있는 녹색 털실 자수와 비슷하지만 작은 빨강 물방울무늬가 들어

↓ 대영박물관. 〈리포지터리〉 1810년
4월 호에 묘사된 새 건물의 모습이다.

♦ 제인의 근사한 사촌 엘리자의
세밀화. 그녀가 첫 번째 결혼을 했을 때
그린 것이다.

있어……

어제 다시 틸슨네와 차를 마셨고 스미
스 가족을 만났어. 다 괜찮은 사람들
같아……

엘리자는 혼자 산책을 나갔어. 그녀
는 지금 할 일이 태산이야. 파티 날짜
가 잡혔고 거의 다 되었지. 돌아오는
목요일 저녁에 대략 80명을 초대했고
아주 근사한 음악을 준비하려고 전문
가 다섯을 초대했는데 아마추어들을
비롯해 그중 셋이 글리(glee, 18세기 영
국에서 유행한 남성 중창 또는 무반주 합창

곡 -옮긴이) 가수야. 패니도 이 연주를 듣겠지. 준비한 것 중에 하프 연주도 있
어서 난 아주 기대가 커……

토요일…… 날씨가 괜찮다면 엘리자와 난 아침에 런던으로 산책 갈 거야. 엘
리자는 화요일에 쓸 굴뚝 조명이 필요하고 난 무명실을 1온스치 사야 하거
든. 엘리자는 오늘 밤에는 놀지 않기로 마음먹었어. 앙트레그 부부와 줄리엔
백작이 파티에 오지 못하거든. 처음에는 그 소식에 침울해했지만 지금까지
잘 준비해 왔고 공연하는 사람들도 마찬가지라 별일 없을 거야. 오지 못하는
사람들을 위해 우리가 내일 저녁 그쪽으로 가기로 했는데 좋은 생각인 것 같
아. 프랑스 사람들의 모습을 구경하는 건 즐거울 테니까……

모두에게 안부 전해 줘.

사랑을 담아, *제인*

♦ 〈리포지터리〉 1809년 3월 호에 실린 리넨 상점
'하딩하월앤코퍼레이션'의 모습.
잡지에서는 "입구에 들어서는 즉시 나오는 코너에서는
각종 동물 털가죽과 부채를 독점으로 팔고 있다.
두 번째 코너에는 남성복에 필요한 모든 재료, 실크,
모슬린, 레이스, 장갑 등이 있다"고 설명한다.

♦ 〈리포지터리〉 1812년 5월 호에 실린 직물 견본.
솜 부스러기를 압축해서 숙녀용 모자를 만드는
새롭고 기발한 발명품도 소개한다.

🖐 '테오'는 테오필러스 쿡 목사를 말한다. '털실 자수'란 리넨이나 천에 소모사로 수를 놓는
것이다. 제임스 틸슨은 헨리의 금융 회사인 오스틴몬드앤틸슨의 동업자다. 헨리 오스틴은
슬론 스트리트에 살았고 이곳의 나무들이 쭉 늘어선 길이 첼시 마을에서 런던의 주요 도로
로 이어진다. 앙트레그 부부는 엘리자의 프랑스인 친구다.

1811년 4월 25일 목요일 슬론 스트리트

사랑하는 커샌드라 언니에게

어제 **언니의 편지**를 받는 예상치 못한 즐거움을 누리게 해 줘서 고마워. 그 보답을 하려고 지금 펜을 들었어. 이런 깜짝 놀랄 일을 좋아하는 나에게는 더할 나위 없는 행복이었지……

아니, S.와 S.를 생각하지 못할 만큼 바쁜 건 절대 아니야. 젖을 빠는 아이를 엄마가 잊어버릴 수 없는 것처럼 나도 늘 염두에 두고 있으니 언니의 질문에 충분히 대답할 수 있어. 고쳐야 할 부분이 두 장 분량인데 W.의 첫 묘사 부분에 국한된 거야…… 헨리 오빠는 제안을 거절하지 않았어. 인쇄업자를 **재촉하고** 오늘 다시 그를 만날 거라고 했어…… K. 부인이 소설에 아주 큰 흥미를 보여서 감사하고 있어. 날 믿어서 그런다고 해도 진심으로 그녀의 호기심이 곧 충족되길 바라. 그녀는 내 엘리너를 좋아할 테지만 다른 부분은 장담 못 하겠어.

우리의 파티는 멋지게 마무리되었어. 그전까지 신경 쓰고 걱정하

✦ '공연장에서 제대로 갖춰 입은' 하프 연주자. 하프 연주자는 엘리자 오스틴이 슬론 스트리트에서 연 파티처럼 여러 파티에서 수요가 높았다.

고 성가신 일이 많았지만…… 마침내 모든
것이 제자리를 찾았어. 연회장은 꽃 등등
으로 장식했고 아주 아름다웠어…… 에저
턴 씨와 월터 씨는 5시 반에 도착했고 아
주 근사한 인물들과 함께 연회가 시작되
었어.

7시 반에 악사들이 사륜마차 두 대에 나눠
타 도착했고 8시에 지체 높으신 분들이 얼
굴을 보이기 시작했어. 그중에 일찍 온 사
람은 조지와 메리 쿡이고 난 파티의 많은
시간을 그들과 보내며 아주 즐거웠어. 응
접실은 이내 후끈 달아올라서 우리는 상
대적으로 서늘한 연결 통로로 자리를 옮
겨 적당한 거리에서 즐겁게 음악을 듣고

⬇ 공연장의 모습.

도착하는 사람들을 제일 먼저 보는 혜택을 누렸어……

어머니와 마사 모두 애나의 행동에 큰 만족을 보였어. 다양한 모습을 가진
애나지만 가장 충만하고 사랑스러운 모습을 전부 드러내지 않고 30프로 혹
은 40프로 정도만 보여 주어서 편안하고 예뻤어.

우리는 토요일에 연극을 보러 **나갔어**. 강당에서 몰리에르의 희극 〈타르튀
프〉에서 착안한 오래된 연극인 〈위선자〉를 감상했는데 정말 재미있었지……

일요일에 엘리자는 앙트레그 씨 댁으로 가는 길에 감기에 걸렸어. 우리 쪽
하이드 파크 게이트에 말들이 머물렀고 새 자갈 한 무더기가 만만찮은 언덕
을 이루어 말들이 앞으로 나가려 하지 않았어. 아마 어깨가 아파서 짜증이
난 거겠지. 엘리자는 겁에 질렸고 우리는 마차 밖으로 나와 몇 분 동안 차가

운 밤공기를 마셔야 했어……

엘리자는 그날 저녁을 아주 즐겼고 지인을 사귀려고 노력했어. 난 그들에게서 싫은 점을 전혀 발견하지 못했지만 어떤 성품인지 파악했어. 나이가 지긋한 백작은 용모가 매우 훌륭하고 영국인으로 봐도 손색이 없을 정도로 점잖고 매너가 좋았어. 내 생각에는 박식하고 취향도 훌륭한 것 같아. 그는 근사한 회화 작품을 꽤 보유하고 있어서 헨리 오빠가 기뻐했고 백작 아들이 연주한 음악에 엘리자가 감동을 받았어……

애정을 담아, *J. A.*

❦ 'S. 와 S.'는 《이성과 감성》을, 'W.'는 이 소설에 등장하는 청년 윌러비를 뜻하며 엘리너는 주인공이다. 'K. 부인'은 나이트 부인을 지칭한다.

⚓ 제인이 런던을 방문할 동안 산책을 즐겼던 하이드 파크의 구불구불한 길. 토머스 롤런드슨의 작품.

1811년 5월 31일 금요일 _{초턴}

커샌드라 언니에게

나한테 엄청난 계획이 있어. 쿡 씨네가
우리 집 방문을 연기한대······
상황이 이렇다 보니 난 샤프 양이 우리
집에 오기 딱 좋은 때라는 생각을 하게
됐어······ 언니와 마사가 이 계획을 싫어
하지 않는다면 그녀가 올 거야. 그녀가
여기로 올 근사한 기회가 생긴다고······
월요일부터 수요일까지 애나가 파링던
에 가니까 셀본 코먼에서 열리는 화요일
(4일이야) 축제에 올 수 있을 거야. 거기
에는 사람들을 비롯해 모든 즐거움이 존
재하겠지······

🌢 제인과 어머니가 만든 패치워크.
"패치워크용 천 조각을 모으던 거
기억나?" 제인이 언니에게 물었다.

패치워크용 천 조각을 모으던 거 기억나? 우리는 지금 어찌할 바를 모르고
손 놓고 있어······

언니는 상상도 못 할 기야. 우리가 과수원 주위로 근사한 산책을 즐기는 건
인간의 상상 영역을 벗어난 부분이니까. 너도밤나무가 쭉 늘어선 모습이 정
말로 근사하고 무럭무럭 자라는 정원의 산울타리도 마찬가지야. 오늘 나무
한 그루에 자두가 열렸다는 소릴 들었어······

하느님의 은총이 함께하길 빌어. 그리고 6월에는 언니가 건강한 모습으로
우리와 같이 지내길 바라.

언제나 언니 편에서, 제인

‘화요일의 축제’란 조지 3세의 생일(1738년 6월 4일) 축하를 뜻하는데 영국 최대의 사립 학교인 이튼칼리지에서는 여전히 이날을 휴일로 지정하고 있다. 패치워크는 오스틴 가문의 여성들이 초턴에서 하던 퀼트 작업이다.

노리스 부인이 자신의 살구나무를 두둔하고 있다

《맨스필드 파크》 중에서

"남편이 죽기 열두 달 전 봄에 우리는 마구간 벽에 살구 묘목을 놓았는데 어느새 근사한 나무로 자라 점차 완전한 모습을 이루고 있어요." 노리스 부인이 그랜트 박사에게 말했다.

"의심할 것 없이 나무가 아주 잘 자라고 있군요, 부인." 그랜트 박사가 대답했다. "토양이 좋으니까요. 하지만 열매를 따는 어려움에 비하면

♦ 셀본 마을 전경.
18세기 말 새뮤얼 그림의
수채화 작품.

열매 자체의 값어치가 너무 적다는 생각에 전 늘 안타까워요."

"박사님, 여긴 황무지 공원이에요. 우리는 황무지 공원을 샀고 공원이 우리에게 값을 져준 거예요. 토머스 경이 주신 선물이지만 전 청구서를 보았고 7실링이 황무지 공원으로 징수된 걸 알았어요."

"부인에게 준 선물이겠죠." 그랜트 박사가 말했다. "제 감자들은 황무지 공원의 살구보다 맛있어요. 나무에서 나는 열매보다도요. 아무리 잘 쳐줘도 살구는 맛없는 과일입니다. 우수한 살구는 먹을 수는 있지만 제 정원에서는 볼 수가 없어요……"

그랜트 박사와 노리스 부인은 좀처럼 친구가 되지 못했다. 둘은 성격이 완전 딴판이었고 그들의 관계도 허물어지기 시작했다.

1811년 6월 6일 목요일 초턴

사랑하는 커샌드라 언니에게

언니는 마사의 계획을 알 거야. 난 그녀가 24일까지 마을을 떠나지 않을 거라는 사실을 알고 난 뒤 솔직히 실망했어. 일주일 일찍 언니를 볼 수 있을 거라 기대했거든……

화요일에 헨리 오빠한테서 자신과 친구를 위해 식사를 준비해 달라는 전갈을 받았고 그때를 위해 호화로운 양목 요리를 준비했어. 하지만 그들이 마당에 도착했을 때도 난 양목을 몇 시간씩 끓여야 제대로 삶기는지 곧장 기억이 안 났어. 12시가 살짝 지난 뒤에 오라고 했었는데 둘 다 키가 크고 근사했고 서로 다른 모습이 볼만했어.

♣ 웨지우드(1759년 설립된 영국의 대표적인 도자기 회사 -옮긴이) 식기 가장자리의 고유한 패턴.

고작 하루짜리 방문이었지만 아주 즐거웠어. 틸슨 씨는 저녁 식사 전에 그레이트 하우스를 스케치했고 식사를 마친 뒤에 우리 셋이 초턴 파크로 산책을 나갔어. 진짜 공원 안으로 들어갔는데 너무 더러워서 우리는 어쩔 수 없이 도로 나가야 했지. 틸슨 씨는 나무를 보고 감탄했지만 그 나무들이 돈으로 바뀌지 않는다는 점을 애석해했어……

월요일에는 잘 포장된 웨지우드 식기가 도착해 기뻤어. 아주 안전하게 잘 배달되었고 전부 다 어울렸어. 다만 올해처럼 수풀이 근사한 해에는 특히 잎사귀 무늬가 좀 더 컸으면 좋았을 거란 생각을 했어. 어떤 무늬를 보니 버밍엄의 나무들이 황폐해진 것이 분명해……일요일에 완두콩을 따기 시작했는데 양이 아주 적어서 〈호수의 여인〉에서 모은 것만큼 되지 않아. 어제는 잘 익은 진홍색 딸기를 몇 개 찾아서 꽤 놀랐어. 집에 있었다면 몰랐을 즐거움이야……

♣ 〈커티스 보태니컬 매거진〉에 수록된 딸기. 오스틴 부인은 초턴 집 정원에 딸기를 키웠다.

글 쓰는 작업을 막 마무리하고 원고를 챙겨 올턴으로 걸어갔어. 애나와 친구 해리엇이 그쪽으로 가는 길이어서 함께 걸었지. 둘은 왕의 죽음을 애도하러 가는 중이었어. 어머니는 상복을 일찍이 마련해 두셨어. 난 돌아가야 하는 게 그렇게 애석하지 않아. 여자들은 할 일은 많고 그걸 할 방법은 많지 않잖아……

모두에게 사랑을 전할게.

J. A.

〈호수의 여인〉은 1810년에 발표된 월터 스콧 경의 장편 서사시다. '〈호수의 여인〉에서 모은 것'은 시의 세 번째 구절을 말한다. "모인 건 피로 점철된 복수, 분노와 화였다." 오스틴 부인은 '가여운 왕이 실제로 죽기 전에 사는 편이 쌀 거라고 생각해서' 자연스레 상복을 미리 마련해 두었다. 다만 살짝 어리석은 판단이었다. 그는 1820년 1월까지 살았다(조지 3세는 자주 정신 이상을 보였고 특히 1811년 이후에는 폐인처럼 만년을 보냈다고 한다. 그가 정신병에 눈까지 멀어 왕좌에서 내려오게 된 것이 죽음으로 잘못 전해진 듯하다 -옮긴이).

❦ 요크 스트리트에 위치한 웨지우드의 쇼룸. 1813년 에드워드 나이트와 그의 딸 패니가 웨지우드 디너 식기 세트를 주문했고 그 일부가 초턴 코티지에 남아 있다.

1813년 1월 24일 일요일 저녁 초턴

사랑하는 커샌드라 언니

우리가 딱 바라던 날씨야. 언니가 있으면 더할 나위 없겠지만 즐기기에는 충분해……

수요일 파티는 나쁘지 않았지만 언제나 그랬듯 집주인이 더 근사했으면 좋았을 거라는 아쉬움이 남았어. 불안해하지 않고 서투르게 굴지 않고 한층 대화하기 편한 그런 상대로 말이지. 그날 아침 클레멘트 부인에게서 온 전갈에 따라 난 그들 부부와 함께 조세용 수레를 탔어. 양쪽에 예의를 차리며……

P. 씨와 P. T. 양 사이에 뭔가 발전적인 부분은 보이지 않았어. 그녀는 처음에는 P. 씨 한편에 자리했지만 벤 양이 그녀에게 더 위쪽으로 올라가라고 했어. 게다가 그녀의 접시까지 비어 있어서 그에게 양고기를 가져다 달라고 부탁했는데 한동안 신경도 안 쓰는 거 있지. 이렇게 되려 했는지도 몰라…… 그의 편에서는. 그는 사랑을 하려면 위장이 비어야 한다고 생각했을 수도 있어……

⚓ 정육점 주인.
파인의 《그레이트브리튼의 의상 백과》에서 발췌한 전면 삽화.

조용한 무리가 형성되고 원탁이 비좁아지자 난 어머니에게 양해를 구하고 빠져나왔어. 그랜트 부인의 원탁만큼 그 원탁에 사람이 많이 앉도록 하려고. 한 쌍의 원탁이 보기 불편하지 않았길 바라……

올턴으로 걸어온 다음 어제 파필론 양과 난 가넷 씨 댁에 함께 초대받았어. 산책은 아주 즐거웠고 그녀가 즐겁지 않았다면 그녀에게는 안타까운 일이야. 왜냐하면 난 즐거웠거든. 데임 G.는 꽤 훌륭했고 우리는 행동거지가 바르고 건강하며 눈이 큰 자녀들에게 둘러싸여 있는 그녀의 모습을 보았어. 난 리넨 세트를 주겠다고 약속했고 내 동행은 그녀에게 주식 자본금을 좀 주었어……

마사가 지난 토요일부터 바턴에 머물렀으면 좋겠다고 생각했지만 그건 오산이었어. 이제 그녀가 많이 회복했길 바라. 내가 매일 밤 그녀의 침대 아래서 악당들을 쫓아 버리고 있다고 전해 줘. 그것들도 마사가 없는 걸 느끼는 눈치야.

J. A.

파필론 씨는 집주인으로 파티의 주최자가 되길 원했다. 'P. 씨와 P. T. 양'은 파필론 씨와 테리 양을 지칭한다. '조세용 수레'는 바퀴가 두 개인 수레로 주로 산거래나 농작물 이송 용도로 쓰이고 그래서 세율이 낮다. 벤 양은 무일푼의 초턴 이웃으로 오스틴 자매들의 친절과 보살핌을 받고 있다. '그랜트 부인의 원탁'은 《맨스필드 파크》에서 그랜트 가족이 파티에서 하는 추측 게임으로 등장했다.

↓ 파인의 《소우주》에 실린 코티지의 모습.
오스틴 일가가 속한 계층은 이웃의 가난한 사람을 당연히 돌보아야 한다고 여겼다.

1813년 1월 29일 금요일 초턴

사랑하는 언니에게

내가 보낸 작은 소포를…… 수요일 저녁에 받았길 바라, 언니. 그리고 일요일
에 다시 내 편지를 받게 될 거야. 왜냐하면 난 오늘 언니에게 편지를 써야겠
다고 느꼈거든……

런던에서 아끼는 자식을 받았다는 소식을 전할게. 수요일에 포크너가 보낸
사본 한 본을 받았고 거기에 헨리 오빠가 다른 한 본을 찰스에게 주고 세 번
째 사본은 마차로 가드머섬으로 보낸다는 메모가 세 줄 적혀 있었어. 내가
꼭 가지고 싶은 두 세트를 말이지. 난 곧바로 오빠한테 편지를 써서 두 세트
를 더 달라고 사정했어…… 자기만 소외시켰다고 생각하지 않게 프랭크 오빠
에서도 편지를 쓸 거야……

벤 양은 책이 도착한 날 우리와 함께 식사했고 저녁에 우리는 책을 제대로
펼쳐 1권의 절반을 그녀에게 읽어 주었어. 헨리 오빠가 지적이라 괜찮은 책
이 나오면 족족 보내 준다는 말을 서두에 달면서 말이지. 그녀는 의심하지

않는 눈치였어. 가엾게도 정말 기뻐하더라고! 강한 캐릭터가 주도하니 그건 어쩔 수 없었지. 벤 양은 정말로 엘리자베스를 동경하는 것 같아. 난 그녀를 출간된 작품을 통틀어 가장 훌륭한 인물이라고 생각하고 그녀를 좋아하지 않는 사람에게 관용을 베풀 수 있을지 확신이 없어. 오타가 몇 개 있는데 '그가 말함' 혹은 '그녀가 말함'이라고 쓴 건 대화문을 한층 더 분명하게 보이려고 그런 거야. 하지만

'난 뻔하고 고루한 문장을 쓰지 않아,
그 자체가 지닌 독창성이라고는 찾아볼 수 없으니까.'

언니의 질문에 충분한 답이 됐다니 정말 다행이야. 가능하면 노샘프턴셔가 산울타리의 본거지인지 알아봐 줘. 그러면 난 다시 기뻐할 거야.
우린 언니의 제스처 놀이에 혀를 내두를 수밖에 없고 아직 한 가지밖에 알아내지 못했어. 다른 건 너무 어려워. 하지만 작시법(作詩法)이 엄청나게 아름다워 그걸 찾아내는 게 또 다른 즐거움이야.

사랑을 담아, *제인*

🖋 '아끼는 자식'이란《오만과 편견》의 초판본을 말한다. 제인은 필명을 유지하려 했고 그래서 '벤 양이 의심하지 않는 눈치라서 기뻐했다. 타이틀 페이지에는《이성과 감성》의 작가가 씀'이라고 적혀 있고 이 책의 경우 단순하게 '여성이 씀(By a Lady)'이라고 적혔다. "난 뻔하고 고루한 문장을 쓰지 않아." 제인은 월터 스콧의 시 〈마미온〉을 잘못 인용했다. '제스처 놀이'는 상대방이 몸짓으로 표현하는 단어를 맞히는 게임이다.

⬥ 초턴 하우스의 서쪽 정문.
초턴 하우스는 초턴 코티지와 구분하기 위해
그레이트 하우스로도 알려져 있다.
19세기 영국의 화가, 작가, 출판업자
G. F. 프로서의 책《햄프셔의 삽화 모음》(1833년)에서 발췌.

**앤 엘리엇은 우연히 웬트워스 대령(그녀가 사랑하는 사람)과
루이자 머스그로브의 대화를 엿들었다** _〈설득〉 중에서_

소리가 점점 잦아들었고 앤에게는 더 이상 아무 소리도 들리지 않았다. 그녀는 여전히 자신의 감정 안에 갇혀 있었다. 몸을 움직이려면 거기서 한참을 벗어나야 했다. 그 유명한 청중의 숙명은 전적으로 그녀의 몫이 아니었다. 스스로 나쁜 생각은 들지 않았지만 아주 고통스러운 내용을 들어야 했다. 그녀는 자신의 성품이 웬트워스 대령에게 어떻게 보이는지 알았다. 그리고 그의 태도 속에는 딱 그만큼의 그녀에 대한 감정과 흥미가 담겨 있었기에 그 부분이 그녀에게는 엄청난 고통임이 틀림없었다.

1813년 2월 4일 목요일 초턴

커샌드라 언니에게

언니의 편지는 정말로 반가웠고 모든 칭찬에 몸 둘 바를 모르겠어. 딱 좋은 때에 편지가 찾아와 줬어. 내 속에서 혐오감이 올라오고 있었거든. 벤 양에게 두 번째로 낭독회를 한 저녁에 난 전혀 기쁘지 않았어. 어머니가 너무 성급하게 무언가를 끝내려는 모습을 보여서 그런 것 같아. 어머니는 등장인물을 완벽하게 이해했지만 그런 사람이 할 법한 말을 꺼내지는 못했어. 그렇지

**♦ 〈리포지터리〉 1815년 7월 호에
등장한 최신 유행 복장. 전시회에
참석한 한 여성의 모습이다.**

만 전체적으로 난…… 충분히 만족해.

작업물은 아주 가볍고 밝고 반짝거려. 그
래서 그늘이 필요해. 여기저기 더 긴 챕
터로 늘려야 해. 그랬으면 좋겠다는 생각
이 들었어. 그럴 수 없다면 침통하고 허울
뿐인 헛소리가 되겠지. 이야기와 결합되
지 않은 무언가가 있어야 해. 글 속 에세
이나 월터 스콧에 대한 비평 혹은 보나파
르트의 역사 혹은 뭐든 대조를 이룰 수 있
는 걸로. 그래서 독자들에게 흥겨움과 일
반적인 풍자의 즐거움을 같이 알려 줘야
하니까. 언니가 내 생각에 동의할지는 모
르겠어. 언니는 늘 위엄 있는 생각만 하
잖아……

토머스가 토요일에 결혼했어. 니덤에서
결혼식이 열린다는 게 내가 아는 전부야.
새로 온 하인은 브라우닝인데 현재까지
는 아무 문제가 없어. 그는 기다릴 줄 모
르고 꽤 굼뜬 것 같아. 과묵하고 무엇보다
배움이 부족해.

J. A.

♥ 토머스와 브라우닝은 각각 초턴의 남성 하인으로 전자는 나간 인물이고 후자는 새로 들어
온 인물이다.

♦ 서머싯 하우스의 전시회 풍경을 담은 크룩섕크의 컬러 판화 작품.
제인은 비슷한 전시회를 관람한 소감을 언니에게 전했다. "물론 언제나처럼
사람을 더 좋아하는 난 주변 구경보다는 같이 간 사람에게 더 집중하긴 했지만……"

1813년 5월 24일 월요일 슬론 스트리트

사랑하는 커샌드라 언니에게

인니의 편지 덕을 톡톡히 봤어…… 편지가 막 찾아든 통에 난 렘넌트 씨 집에

가지 않아도 되었고 대신 패니의 무명천을 산 크리스티안네에 갈 수 있게 되

었거든……

헨리 오빠와 난 스프링 가든스에서 열린 전시회에 갔어. 훌륭한 컬렉션이라

는 생각은 들지 않았지만 흡족했어. 특히나(패니한테 좀 말해 줘) 정말로 빙리

부인과 비슷한 작은 초상화를 찾았거든.

난 그녀의 여동생 중 1명을 볼 수 있을 거라는 희망을 품었지만 다아시 부인

은 없었어. 아마도 우리가 시간이 날 때 가게 될 대영박람회에서 찾을 수 있을지도 몰라. 조슈아 레이놀즈 경의 작품 컬렉션에서 그녀를 찾을 기회는 없지만 지금 펠멜가에서 열리고 있어. 우린 거기도 구경 갈 생각이야.

빙리 부인의 초상화는 그녀와 정말 똑같아. 체구도, 얼굴 형태도, 특징과 다정함까지 전부. 그보다 더 닮을 수가 없어. 흰 드레스 차림에 녹색 장신구를 달았는데 그 모습은 내가 늘 생각했던 부분에 대한 확신을 줬어. 녹색이 그녀가 제일 좋아하는 색인 거야. 장담하는데 다아시 부인은 노란 드레스를 입었을 거야……

버넷 양이 무척 보고 싶지만 그녀가 날 소개받고 싶다는 이야기를 듣고 꽤 겁이 났어. 내가 너무 교양머리가 없다 해도 할 수 없어. 그건 내 잘못이 아니니까……

⬇ 슬론 스트리트에 있는 집들의 뒤편. 19세기 영국에서 활동한 독일 출신 화가 조지 샤프의 작품.

월요일 저녁. 우리는 대영박람회와 조슈아 레이놀즈 경의 작품 컬렉션까지 다 보고 왔는데 어디서도 다아시 부인과 비슷한 인물을 찾지 못해서 실망했어. 그저 나아시 씨가 그녀의 초상화라면 뭐든 좋아하는 통에 이미 대중에게 노출되어 버렸다고 상상하는 수밖에. 난 그가 사랑, 자부심, 미묘함이 뒤섞인 그런 감정을 느꼈을 거라 생각해.

실망한 것 말고는 다른 그림들을 감상하느라 아주 즐거웠고 가는 길에 마차

창문을 열어 놓았더니 아주 상쾌했어. 난 고독한 우아함을 정말 사랑하고 어디에서든 항상 웃을 준비가 되어 있어. 사륜마차를 타고 런던을 달릴 권리가 태생적으로 조금이나마 있다는 기분을 지우지 못할 것 같아……

애정을 담아, *J. A.*

다아시가 엘리자베스 베넷의 초상화를 그릴 생각을 하고 있다

〈오만과 편견〉 중에서

"내 가정의 행복을 위해 제안할 다른 의견이 더 있나요?"

"아! 있어요. 당신 처이모부와 처이모인 필립스 부부의 초상화를 펨벌리에 있는 갤러리에 전시하게 두세요. 당신 증조부인 판사님 옆에 걸어 두는 거죠. 알다시피 직업이 같잖아요. 가는 길이 다를 뿐. 당신의 엘리자베스의 경우, 초상화를 그려고 시도하시도 말아요. 그 아름다운 눈망울을 어떤 화가가 표현할 수 있겠어요?"

"그 눈빛이 무엇을 말하는지 정말로 파악하기 쉽지 않겠죠. 하지만 눈동자의 색과 형태, 정교하고 근사한 속눈썹은 그릴 수 있을 거잖아요."

바로 그때 두 사람은 산책을 나온 다른 이들을 만났다. 허스트 부인과 엘리자베스였다.

"당신이 산책하는지 몰랐네요." 빙리 양은 두 사람이 하던 이야기를 그들이 들었을까 봐 살짝 당황한 목소리로 말했다.

엘리자베스가 펨벌리에 있는 다아시의 초상에 매료되었다

_《오만과 편견》 중에서

갤러리에는 가족들의 초상화가 많았지만 낯선 사람의 이목을 집중시키기에는 부족했다. 엘리자베스는 자신이 아는 유일한 얼굴을 찾아 걸었다. 마침내 한 초상이 그녀를 사로잡았고 그녀는 다아시와 무척 닮은 모습에 감탄했다. 그녀를 쳐다볼 때 가끔 보였던 미소가 드리운 얼굴. 그녀는 완전히 사색에 잠겨 그 초상 앞에 한참을 서 있었고 갤러리에서 나가기 전에 다시 한번 그 앞으로 돌아왔다.

1813년 7월 3일 토요일 초턴

사랑하는 프랭크 오빠에게

최대한 근사하게 편지를 쓰는 중이란 걸 알아줘! 행운을 빌어 주길 바라. 최근 메리를 통해 오빠의 소식을 듣고 기뻤어. 6월 18일(내 추측이야)에 뤼겐섬에서 쓴 편지의 일부를 메리가 보내 줬고 우리는 오빠가 도선사로서 잘해 나가고 있다는 말에 기뻤어. 오빠가 왜 엘리자베스 여왕 같은 줄 알아? 그건 현명한 수상을 고르는 법을 알기 때문이지. 그 점이 그녀가 훌륭한 여왕인 만큼 오빠가 훌륭한 대령이라는 걸 입증해 주지 않아? 장교들에게 물어보면 적절한 대답을 얻을 수 있을 거야. 영국을 떠난 뒤로 어디서든 새로운 땅을 보게 되고 스웨덴과 같은 아주 특별한 곳도 가 볼 수 있을 테니 정말 즐거운 일이겠지. 그 속에서 분명 큰 즐거움을 찾았을 거야. 오빠가 칼스크룬(발칸반도에 있는 지역으로 보인다 -옮긴이)에 가면 좋겠어. 직업상의 어려움을 보상받을 수 있잖아. 오빠처럼 호기심과 관찰력이 뛰어난 사람이라면 분명 그런 부수적인 즐거움을 염두에 두겠지. 구스타브 바사와 찰스 12세, 크리스티아나와 린네, 그들의 유령이 오빠 앞에 나타났어? 난 예전의 스웨덴을 정말로 동경해. 개신교들의 땅이라는 게 너무 질투 나는 거 있지! 항상 그곳이 다른 국가들보다 영국과 더 비슷하길 바랐어. 그리고 지도를 보면 많은 지명이 영국과 흡사해.

우리는 헨리 오빠가 곧 다시 방문해 주길 바라고 있어. 이번에는 **우리의** 손님 자격으로 올 거야. 아주 잘 있고 더 이상 채권 추심 일을 하지 않는다는 기쁜 소식을 전하게 되어 너무 좋아. 헨리 오빠는 승진해서 무척 기뻐하고 있어. 할 수 있는 만큼, 그리고 자신만의 생각대로 일하고 있어……

전체적으로 마음이 많이 회복했어. 내가 대변하는데 오빠는 이제 고통스럽지 않아. 너무 바쁘고 너무 할 일이 많고 너무 자신에 차 있거든. 정말로 가여운 엘리자에 대해 더는 미련을 보이지 않아…… 당시에는 늘 그녀에게서 벗어나려고 했었어. 특히 그녀의 길고 끔찍한 지병을 생각하면 말이지. 헨리 오빠는 아내가 죽을 거라는 사실을 오래전부터 알고 있었고 그 일이 마침내 벌어진 것뿐이야.

그렇다고 우리가 더 이상 그녀를 추모하지 않는 건 아니고 토머스 리 씨를 추모하는 일로 만회하려는 것도 아니야. 79세로 이제 막 생을 마감한 그는 존경받고 가치 있으며 똑똑하고 온화한 인품을 가진 분이야. 영국에서 가장 좋은 영지를 물려받은 인물로 대영제국의 다른 어떤 시민보다 쓸모없는 조카들이 많아……

찰스의 어린 소녀들은 한 달 정도 우리와 지냈는데 정이 많이 들어 그들을 보낼 때 너무 슬펐어. 하지만 그 애들이 집에서 행실이 아주 많이 나아졌다는 이야기를 들으니 기뻐. 해리엇은 건강하고 캐시는 태도가 좋아졌어. 해리엇은 정말로 다정하고 사랑스러운 소녀야……

오빠가 지난 1월 신문에 실린 블랙올 씨의 결혼 소식을 봤는지 궁금해. 우리가 그 자리에 참석했어. 그는 안티과에서 작고한 아버지를 둔 루이스 양과 클리프턴에서 결혼했어. 그녀가 어떤 사람인지 정말 알고 싶어. 그는 완벽 그 자체이고 흥겨운 사람이라 난 항상 그 점을 회상하곤 해. 그가 몇 달 전 대학 생활을 하고 있다는 사실을 알게 되었어. 항상 입버릇처럼 말하고 바라던 삶이지. 서머싯셔의 그레이트 캐드버리(캐드버리 전역을 지칭하기 위해 'Great'를 붙인 것으로 보인다 -옮긴이)로 아주 좋은 곳이야. 루이스 양이 조용하고 꽤 무디지만 태생적으로 지적이고 배움의 의지가 강한 사람이길 바라. 차가운 송아지 파이와 오후에 마시는 녹차, 밤에는 녹색 블라인드를 치는 걸 좋아하는 그런 사람 말이야.

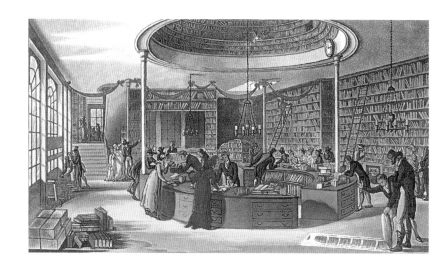

⚜ 18세기 영국에서 가장 큰 규모의 서점 중 하나였던
'템플 오브 더 뮤지스'의 모습.

⚜ 새 인형을 가지고 놀고 있는 아이들.
로코코 화풍에 위트를 가미한 18~19세기
영국 화가 E. F. 버니의 수채화 작품.
제인은 어린 조카에게 편지를 써
다른 조카에게도 안부를 전하고
"다음번에 가드머섬에 갈 때 인형을
가지고 가겠다"고 약속했다.

7월 6일. 하느님의 은총이 있길. 오빠가 계속 미모를 유지하고 빗질을 하길 바라. 대신 모든 털을 다 빗진 말고.

영원한 사랑을 담아, *제인 오스틴*

《이성과 감성》이 다 팔렸다는 소리를 들으면 기쁘겠지. 덕분에 난 저작권 외에 140파운드를 벌었어. 저작권이 어떤 가치가 있는지 모르지만. 그래서 지금 250파운드를 위해 글을 쓰고 더 많은 돈을 벌고 싶다고 생각해. 《오만과 편견》의 명성으로 지금 쓰고 있는 책 역시 잘 팔리기를 바라지만 재미는 그 작품에 비해 절반 정도밖에 되지 않아. 그건 그렇고 글 속에 코끼리를 언급할 건데 반대할 거야? 오빠가 예전에 타던 배 두세 척에 대해서는? 이미 **썼지만** 오빠가 화를 낼 정도만큼 많은 분량은 아니야. 그냥 언급만 했어.

> 헨리는 지금 국세청장이 되어 더 이상 옥스퍼드셔의 채권 추심원이 아니다. 그는 4월 25일, 아내 엘리자의 죽음에서 '많이 회복'했다. 블랙올 씨는 허풍 심한 제인의 구혼자로 1798년 11월 17일에 언급된 적이 있는 인물이다. '지금 쓰고 있는 책'은 《맨스필드 파크》를 말한다.

1813년 9월 25일 토요일 가드머섬 파크

사랑하는 프랭크 오빠에게

이달 11일에 오빠의 편지를 받았고 두 번째와 세 번째도 아주 근사할 거라고 난 확신해……

우리는 14일에 초턴을 떠나 이틀을 통째로 시내에서 보내고 17일에 이곳에

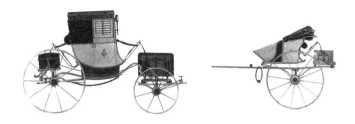

⚓ 의자 등받이가 있는 여행용 사륜 역마차. 펠턴의 논문에서 참고했다.
이런 타입의 마차는 통제하기 힘든 가드머셥의 무리들을 런던에서 실어 오는 데 유용했다.

왔어. 사랑하는 패니, 리지, 메리앤, 내가 가족의 구성원으로서 마차에 올랐지. 두 대의 사륜 역마차가 8명을 태우고 시골을 가로질렀어. 둘은 의자에, 다른 두 사람은 말에 올라탔고 나머지는 객차에 탔어. 안 그러면 다 못 탔을 거야. 그때 난 성 바울의 난파선 생각이 들었어. 갖은 수단을 동원해 좌초되지 않고 안전하게 물가에 도달했던 그 배 말이야.

난 여기 두 달간 있을 생각이야. 에드워드 오빠는 11월에 다시 햄프셔에 있을 거고 날 데려갈 거야……

헨리 오빠가 스코틀랜드 여행을 다녀왔고 직접 오빠한테 편지를 보낼 것 같아. 시간이 좀 더 있어서 북쪽으로 더 올라갔다가 돌아오는 길에 호수를 구경했으면 좋았을 텐데. 하지만 오빠는 최대한 즐겁게 지내고 내가 생각했던 스코틀랜드 남쪽이 아닌 록스버러셔의 더 높은 지대에 있는 아름다운 풍경과 마주했어. 조카들의 만족감은 형제의 만족감보다 덜해. 에드워드는 자연의 아름다움에 그리 열광하지 않아. 야외에서 벌어지는 스포츠만 관심이 있을 뿐이지. 그 애는 장래가 밝은 기분 좋은 청년이고 전반적으로 자기 아버지에게 깍듯하게 굴고 남녀 형제들과도 잘 지내. 우리는 그 애가 호수나 산

이 아닌 뇌조나 자고새를 더 많이 생각하는 걸 용서해 줘야 해……

집에서는 계속 소소한 일들이 연이어 벌어지고 늘 누가 오거나 가고 있어. 오늘 아침에는 에드워드 브리지스와 예상치 못하게 식사를 함께했어. 그는 램즈게이트에서 아내와 함께 자신의 교회가 있는 레넘으로 가는 길에 들른 거고 내일 돌아오는 길에 우리와 저녁을 먹고 여기서 자고 간대. 부부는 여름 내내 아내의 건강 문제로 램즈게이트에 있었어. 그녀는 아주 가여워. 고집이 센 건 전혀 좋지 않다는 점을 알려 준 여성이야. 자신의 발작과 불안, 그로 말미암은 결과를 다른 무엇보다 즐기고 있어. 발트해 전역으로 알리기에는 별로 좋지 않은 말인데!……

쉐러 씨는 내게 꽤 새로운 쉐러 씨가 되었어. 지난 일요일에 처음 그에 대한 이야기를 들었고 그가 우리에게 훌륭한 설교를 해 주었어. 설교 중에 가끔 너무 안달하는 듯한 부분이 있지만 마음속에서 우러난 것이 분명한 경우 행동보다 더 극적인 효과를 주잖아……

내 신청서에 친절하게 동의해 줘서 정말 고맙고 필요한 정보도 알려 줘서 기뻐. 그전까지는 대중에게 날 드러내는 것이 어떨지 안다고 생각했는데 사실 지금까지 퍼진 비밀은 비밀의 그림자 축에도 못 끼어서 세 번째 작품이 등장할 때는 거짓말을 할 시도조차 하지 않을 거야. 나에 대한 모든 미스터리를 만들기보다는 돈을 버는 편이 더 나을 것 같아. 내가 제대로 한다면 사람들이 자신들의 지식을 위해 돈을 지불하겠지……

애나가 벤 르프로이와 약혼했다는 이야기를 메리한테 들어서 알고 있겠지. 우리가 그다지 준비가 되지 않았을 때 벌어진 일이야. 동시에 우리는 그녀에 대해서 무언가를 지속적으로 준비하고 있었어. 식이 잘 진행될 수 있도록 애썼고 벤 르프로이는 그녀에게 결혼 생활을 해 볼 기회를 줬어. 난 그가 분별력 있고 확실히 독실하며 두 사람이 잘 통하고 어느 정도 독립성을 지니고 있다고 봐. 두 사람 사이에 취향이 크게 갈리는 부분이 하나 있는데 그는 누군가와 함께 있는 걸 싫어하고 그녀는 아주 좋아한다는 게 문제야. 르프로이

↓ 토머스 롤런드슨이 그린 램즈게이트 항구 풍경.
제인은 에드워드 브리지스 부인이 건강 문제로 여름을
램즈게이트에서 보낸다는 이야기를 했다.

는 좀 괴벽인 거고 애나는 옆에 누가 없으면 살짝 정서 불안인 거라 난감해. 에드워드의 가족이 매년 초턴에 오길 바라……

언제나 애정 어린 동생으로부터, J. A.

1813년 10월 11일 월요일 가드머셤 파크

사랑하는 언니에게

에드워드 오빠가 언니에게 보낸 편지가 내일 도착할 거야. 내 소식을 방해할 어떤 소식도 아직 전하지 않았다고 오빠가 나한테 말했거든. 그렇지만 지금 은 어느 누구에게도 난 그리 할 말이 많지가 않아……

지난 편지에서 조카들을 돌려보내 마음이 허전하다고 했잖아. 특히나 지금 그 점을 뼈저리게 느끼고 있어. 조카 둘 다 어제 성찬례를 가졌거든. 누군가 를 크게 칭찬하거나 원망하고 난 뒤에 사람은 일반적으로 그 직후 딱 반대로 생각하는 것 같아. 이제 이 두 소년은 여우를 사냥하러 나섰고 집으로 돌아 와 내게 사냥 마니아의 증거를 들이대거나 호사스러운 습관으로 날 혐오하 게 만들겠지. 이 예측이 빗나가지 않는 한은 말이야. 애들은 저녁에 자기들 끼리 아주 잘 놀아. 둘이 나란히 앉아서 토끼그물을 만드느라 정신이 없어. 마치 프랭크 오빠가 두 명 있는 것 같다니까……

화요일…… 가여운 딕워드 부인! 무도회가 끝난 뒤에 그녀가 어리석게 행복 해하는 모습을 빈 차미 볼 수가 없었어……

사랑한다고 오빠가 전해 달래…… 함께 헨리에타 스트리트로 돌아와 가족 방 문을 마무리할 생각은 없어? 언니의 꾸밈없는 의견을 듣고 싶어……

사랑을 가득 담아서, J. A.

 ⬇ 토끼 사냥. 새뮤얼 호윗의 컬러 애쿼틴트.

 ⬇ 여우 사냥–쫓기.
새뮤얼 호윗의 컬러
애쿼틴트.

1813년 10월 14일 목요일 가드머섬 파크

사랑하는 커샌드라 언니에게

이제 난 루싱턴 씨를 맞을 준비를 해야 하고 그가 오지 않을 경우도 대비하는 게 현명하겠지. 안 그러면 처음 쓴 편지와 너무 가까운 날짜에 우체국 소인이 찍히고 심지어 직인을 찍을 적절한 공간이 남지 않을지도 몰라……

어제 로텀에서 편지가 와 이곳으로 좀 일찍 방문하겠다고 알려 줬어. 무어 부부와 아이 1명이 월요일에 도착해 열흘간 묵을 예정이야. 난 찰스와 패니가 같은 날짜에 오지 않길 바라지만 그들이 올 거라면 10월이 좋을 것 같아. 희망을 품어 봐야 무슨 소용일까? 양쪽 다 아이들이 정말 말썽꾸러기야.

확실히 그런 일이 벌어졌거나 혹은 더 끔찍한 상황일지도 모르는데 찰스에게서 아침 편지가 와서 오늘 오게 되었다는 사연을 알려 줬어……

패니 부인은 아기 놀이방 바로 옆 방에 자리를 잡아 주기를 바라는데 그녀의 어린 아기가 누운 작은 침대를 옆에 두고 싶어서래. 그리고 옷장이 있는 방에 머물고 벳시 윌리엄의 작은 구덩이에 다 같이 누우면 좋을 것 같아. 난 찰스를 볼 생각에 아주 기뻐. 까칠한 아기가 있어도 아이를 보살펴야 하는 부담감도 크겠지만 그래도 찰스는 행복할 거야……

여기 있는 당구대의 안락함이 너무 좋아. 당구대는 모든 신사들을 끌어들이고 특히나 저녁 식사 후에 인기가 높아서 사랑하는 패니와 난 서재에서 우리끼리 고요한 즐거움을 누릴 수 있거든……

금요일. 그들은 어젯밤 7시경에 도착했어. 다들 안 올 거라고 생각했는데 난 도착할 거라는 기대를 버리지 않았지…… 아주 거친 길을 지나왔고 그렇게 험한 줄 알았다면 그런 모험을 하지 않았을 거야.

그렇지만 무사히 도착했고 원래의 근사한 모습 그대로 패니는 오늘 아침 정갈하고 깔끔해 보였어. 찰스는 열정이 넘치고 차분하고 조용하고 힘이 나는 뛰어난 유머 감각을 보여 줬어. 둘 다 아주 좋아 보였지만 가여운 어린 캐시는 삐쩍 말라서 안돼 보였어. 일주일간 시골 공기를 마시고 운동을 해서 그 아이가 나아지길 바라……

언니도 예상했겠지만 꽤 혼란스러운 저녁이었어. 처음에는 우리 모두 집 한 곳에서 다른 쪽으로 운동 삼아 걸었고 아침을 먹는 방에 찰스 부부를 위해 방금 요리한 저녁을 준비했고 패니와 나도 함께 먹었어. 그런 다음 서재로 가서 다이닝 룸에 있던 다른 사람들과 합류했고 서로 소개해 주고 10시가 넘을 때까지 차와 커피를 마셨어. 다시금 당구대가 모든 불편한 사람들을 쫓아 주어서 에드워드, 찰스, 2명의 패니와 내가 편안하게 앉아 이야기를 나누었어. 난 숫자가 줄어들어 소규모가 된 것이 기뻤고 언니가 이 편지를 받을 때쯤에는 우리 가족만 남았겠지. 물론 대가족이지만. 루싱턴 씨는 내일 떠나. 이제 난 그에게 말해야 할 것 같아. 내가 아주 좋아한다고. 그는 영리하고 취

✣ 차는 당시 이른 시간에 저녁을 먹고 난 뒤 긴 공백을 메워 주는 수단으로 가끔은 가벼운 먹을거리와 함께 즐겼다.

향이 훌륭한 사람이야. 어젯밤 따뜻한 대화를 나누었어. 그는 대단한 의원이
야. 아주 잘 웃고 굉장히 유창하고 조리 있게 말해. 난 그와 사랑에 빠진 것
같아. 하지만 그는 야심만만하고 가식적이야……

애정을 담아, *J. A.*

스티븐 루싱턴은 켄트의 오래된 저택 노턴 코트의 주인으로 캔터베리 국회의원이다. 경제
적인 이유로 찰스는 그가 순찰 근무를 하는 시어니스(영국 잉글랜드의 웨스트서식스와 켄트를
흐르는 메드웨이강 어귀 옆에 자리한 마을 ─옮긴이)에 정박 중인 배에 아내와 아이들을 동승시켜
살고 있다.

Part. 5

초턴에서 보낸 편지 Ⅱ

Chawton
1813~1816

⬇ 제인이 자주 산책했던 공원에서 본 초턴 하우스의 모습.
스코틀랜드 화가 애덤 컬렌더의 1780년경 작품.

작가로서의 성공과 찬사의 날들

이어지는 제인 오스틴의 편지는 가드머섬을 방문해 호화로운 휴가를 즐기는 부분에서 시작한다. 서른여덟 번째 생일이 다가오면서 그녀는 중년의 삶에 대해 고찰하기 시작했다. "어쨌든 난 더 이상 청춘이 아니어서 샤프롱(사교계에 갓 데뷔한 여성을 뒤에서 돌봐 주는 사람 -옮긴이)이 되어 많은 이득을 챙겼어. 난로 근처 소파에 앉아 원하는 만큼 와인을 실컷 마셨어." 그녀는 온건히 내면에 집중하는 데서 벗어나 다음 세대와 더 많은 애정 어린 관계를 구축하는 쪽으로 생각이 바뀌고 있는 것 같다. 2년 뒤 제인은 열 살 된 조카 캐럴라인에게 보낸 편지에 이렇게 썼다. "난 고모의 중요한 역할을 최대한 지키려고 노력할 거야." 그리고 그녀는 탁월하게 해냈다.

이 시기 편지에는 두 조카에게 보낸 즐거운 내용도 찾을 수 있다. 일상에서 일어나는 사건들을 연대기순으로 길게 늘어놓은 나머지 서신과는 달리 거의 독점적으로 하나의 주제에 집중해서 강력함과 친밀함이 두드러진다. 아끼는 패니 나이트에게 조언해 주고 패니의 연애사에서 불거진 문제도 함께 걱정했다. 자신이 쓴 소설 원고를 평가해 달라고 한 애나 오스틴은 운 좋게도 소설 집필에 대한 상세하고 긴 답장을 받을 수 있었다. 지금 높게 평가

받고 있는 제인 오스틴 특유의 구도, 선정, 고통을 감내하는 능력이 매혹적이고 천재적인 인물을 탄생시킨 비결이다. 그녀는 작품을 통해 정확하고 제대로 된 세부 묘사를 드러내 현실성을 높였다.

제인은 애나에게는 제대로 알지 못한 채 글을 써서는 안 된다고 충고했다. "포트먼네가 아일랜드에 가게 놔둬." 1814년 8월 10일에 쓴 편지에서 그녀가 말했다. "알다시피 거긴 예의라고는 찾아볼 수 없는 곳이니 그쪽으로 전개하지 않는 편이 좋아. 잘못된 묘사를 할 위험이 크잖니."

같은 해 9월 9일에 쓴 편지에서는 유명한 말을 남겼다. "넌 지금 너만의 사람들을 창조해 내서 적재적소에 배치하는 즐거움을 누리는 중이고 나도 내 일만큼 기뻐. 시골에 서너 가족은 있어야 하니 그 부분 먼저 진행시켜 봐……"

그녀에게서 편지를 받는 특권을 누린 두 사람이 1796년, 제인이 첫 편지를 쓰기 시작할 때와 같은 나이라는 점이 새삼 흥미롭다. 패니의 나이에 그녀는 톰 르프로이와 연애했다. 그리고 애나의 나이에는 이미 《이성과 감성》, 《오만과 편견》의 첫 원고를 마무리했다.

한편 소설가로서의 활동도 왕성하게 이어졌다. 《맨스필드 파크》는 1813년 가을, 출판사에 발탁되었고 새해에 들어서면서 《에마》를 쓰기 시작했다. 1814년 3월, 헨리는 그녀와 함께 런던에 머물며 여행을 즐기는 동안 《맨스필드 파크》(아마도 원고나 초판본)를 읽었다. 제인은 오빠의 호평에 기뻐했다. 소설은 5월에 출간되었고 1쇄는 리뷰가 부족했음에도 11월에 완판되는 쾌거를 이루었다.

여름에 제인은 다시 런던으로 가서 헨리의 새집(한스 플레이스 23번지)에 머물렀다. 아내를 잃은 슬픔을 극복하는 과정에서 헨리는 부유하고 매력적인 미망인과 연애를 즐겼다. 제인은 오빠가 여자들과 즐기는 부분에 시큰둥하게 반응했다.

8월 31일 찰스의 아내 패니가 네 번째 자식을 낳고 숨을 거두어 그는 어린 세 딸을 스스로 돌보아야 했다. 11월에는 애나가 스티븐턴에서 벤 르프로이와 결혼식을 올렸다. 둘은 런던 북쪽의 작은 마을 헨던에 신혼집을 차렸지만 1년이 채 못 돼 애나의 고모 집과 가까운 초턴 근교 와이어즈로 이사했다.

제인은 1815년 3월에 《에마》를 탈고한 뒤, 그해 말경 런던의 유명 출판업자 존 머리를 통해 출간했다. "당연히 그는 불한당이야." 제인은 커샌드라에게 보낸 편지에서 그에 대해 말했다. "하지만 문명화는 되어 있어." 그녀는 사근사근한 성품의 머리가 도움이 된다는 점을 파악했고 책값을 후하게 쳐주어 기뻐했다.

1815년 여름에 《설득》 집필에 들어간 제인은 가을에 다시 런던을 방문했다. 이때 헨리가 갑작스럽게 중병에 걸려 간호를 하느라 머무는 시간이 길어졌다. 그가 회복되자 제인은 그의 주치의 한 사람의 소개로 섭정 왕자의 가정 사제이자 사서인 제임스 스테니어 클라크를 알게 된다. 클라크는 섭정 왕자가 그녀의 작품을 칭찬했고 그녀가 칼턴 하우스에 머물기를 바란다고 전했다. 제인은 왕자의 과한 호의를 강하게 거부하고 불편을 느꼈다. 클라크는 다음 작품을 왕자에게 헌정하는 우아한 제스처를 보이라고 제안했다. 그 모든 일이 제인을 지치게 했고 그녀는 정확히 어떤 형식으로 헌사를 해야 할지 고심했다. 그리고 머지않아 붉은 모로코 금박을 입힌 《에마》 사본이 칼턴 하우스로 전달되었다.

이 특별한 만남은 이대로 마무리되지 않고 이후 클라크는 몇 달간 여러 차례 편지를 보내 자신의 업적을 반영한 소설을 써 달라는 다소 과한 부탁을 하

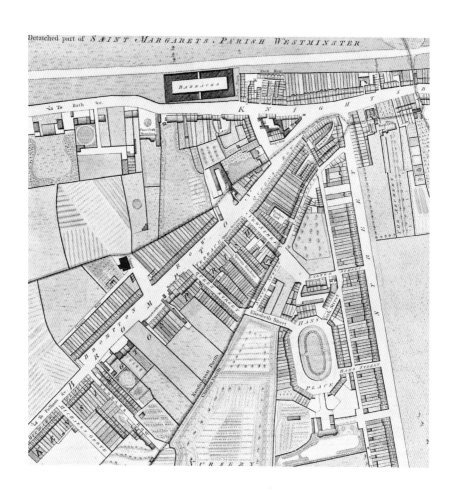

‡ 헨리가 마지막으로 거주한 런던 한스 플레이스 지도.
《런던과 웨스트민스터의 도시 계획》(1799년)에서 발췌.

기에 이른다. 그중에는 바다로 나간 목사에 관한 이야기도 있는데 "아주 유명한 궁정 해군 사제의 친구로서 르 사주처럼 흥미로운 인물과 내용을 다룰 수 있다"는 내용도 들어 있다. 그 밖에 '역사 로맨스 소설'도 제안했다. 제인의 답장(1815년 12월 11일과 1816년 4월 1일)은 정중했지만 조소의 어감이 살짝 묻어났다.

헨리가 건강을 되찾고 난 뒤 제인은 패니 나이트와 함께 흥겨운 런던에서 이런저런 파티에 참석하며 잘 지냈다. 이때 패니는 한스 플레이스 무리에 합류하고 온화한 연애를 즐겨 제인을 놀라게 했다. 두 사람은 함께 있으면 행복했다. 후에 패니는 "제인 고모와 나는 아주 잘 맞았다"고 회상했다.

⚓ 칼턴 하우스의 웅장한 파사드.
파인의 책《왕족 거처의 역사》(1819년)에서 발췌.

크리스마스가 오기 전 제인은 초턴으로 돌아갔고 1816년 《에마》로 호평받기 시작했다. 특히 권위 있는 잡지 〈쿼털리 리뷰〉에 실린 월터 스콧(서명이 없는)의 비평에 기쁨을 감추지 못했다. 1826년 3월 14일에 쓴 그의 일기를 보지 못하고 제인이 눈을 감은 것이 안타까울 뿐이다. "다시 읽어라. 적어도 세 번은 읽어야 한다. 오스틴 양이 정교한 필체로 쓴 소설 《오만과 편견》을 말이다. 이 여성은 일상으로의 몰입을 비롯해 감정과 등장인물을 뛰어나게 묘사하는 재능을 가졌고 여

⬇ 부목사로 임명된 헨리 오스틴의 세밀화. 제인의 말년에 그는 초턴의 교구 목사인 파필론을 보좌했다.

태껏 중 최고라고 자부할 수 있다. 요즘 나오는 책들처럼 나도 아무 소리나 지껄일 수는 있다. 하지만 평범한 사물과 인물을 제대로 된 설명과 정서로 흥미롭게 완성하는 정교한 터치는 내가 할 수 있는 영역이 아니다."

3월 15일 헨리의 은행 사업이 망하면서 오스틴 일가는 재정적 어려움에 직면했다. 대개 큰일이 닥치면 남자들은 오랫동안 충격에서 벗어나지 못하는데 헨리는 아주 긍정적인 성격이라 손실을 최소한으로 줄일 수 있었고 이후 영국 교회에서 사제 서품을 받길 소망했던 어린 시절의 꿈을 이루기로 한다. 그해 말 그는 초턴의 부목사로 위임받고 제인에게는 행복한 결과였다. 그러나 그녀는 오빠들처럼 빠르게 털고 일어나는 데 어려움을 겪었고 마음에 생채기가 났다. 그녀는 지쳤고 우울했다. 비극의 서막이 그렇게 시작되었다.

1813년 11월 6일 토요일 가드머섬 파크

사랑하는 커샌드라 언니에게

아침 식사까지 30분이 남아서(이 사랑스러운 아침, 내 방에 웅크리고 앉아 멋진 벽난로 앞에서 호사를 누리는 중이야) 지난 이틀간 있었던 일에 대해 언니에게 알려 주려고 해. 그렇지만 무슨 이야기부터 해야 할까? 주제를 줄이지 않으면 바보처럼 횡설수설하게 될 거야.

우리는 칠햄 캐슬에서 브리튼 가족을 만났어. 오스본 부부를 제외하고. 리 양은 집에 머무른 관계로 도합 14명밖에 되지 않았어……

어쨌든 난 더 이상 청춘이 아니어서 샤프롱이 되어 많은 이득을 챙겼어. 난로 근처 소파에 앉아 원하는 만큼 와인을 실컷 마셨어. 저녁에는 음악 연주가 더해져 패니와 와일드먼 양이 피아노를 쳤고 제임스 와일드먼 씨가 가까이 앉아 듣거나 혹은 들은 척을 했지…… 우리는 각자 아름다운 밤을 보냈어……

♪ 촛불을 켜 둔 피아노 앞에 모여
노래를 부르는 사람들.

✦ 제임슨 와일드먼의 거처인 칠햄 캐슬.
J. G. 우드의《켄트의 귀족과 신사의 영지》에서 발췌.

연주가 끝나고 해리슨 부인과 난 서로 알게 되었고 편안하게, 살짝 호의 어린 수다를 나누었어. 그녀는 다정했고 스스로에게도 꽤 다정한 사람이고 죽은 언니와 아주 닮았더라고! 르프로이 부인과 대화를 나누는 걸로 착각할 뻔했다니까……

지난번에 말했듯이 중판이 코앞으로 다가왔어. 엘리자가 내 책을 구입할 거라고 메리가 알려 주었어. 그 애가 사 주길 바라…… 많은 사람들이 책을 사 보고 싶다고 느꼈으면 좋겠다고 바라고 있어. 어쩔 수 없이 의무감에 사는 게 아니라.

언제고 한 번 더 편지를 쓸게.

사랑하는 J. A.

❧ 가드머셤 근교의 칠햄 캐슬은 패니 나이트를 사모하는 제임스 와일드먼 씨의 소유다. 샬럿 해리슨 부인은 제인이 애도했던 친구인 르프로이 부인의 동생이다.

1814년 3월 2일 수요일 헨리에타 스트리트

커샌드라 언니에게

어젯밤 우리가 길퍼드에 있었다고 생각한다면 오산이야. 우린 코범에 갔었어.

벤틀리 그린 숙소에 도착할 때까지 낭독회를 시작하지 않았어. 헨리 오빠가 인정한 부분이 지금까지 나의 바람과 똑같아. 오빠는 이 책이 다른 두 소설과는 많이 다르지만 전혀 형편없게 느껴지지 않는다고 말했어…… 오빠가 가장 재미있는 부분을 거의 다 읽은 것 같아 걱정이야. 오빠는 레이디 버트럼과 노리스 부인을 가장 잘 표현했고 등장인물들의 삽화를 크게 칭찬했어. 패니와 내가 어떻게 될지 예상한 대로 오빠도 전부 이해했어.

우리는 10시에 잠자리에 들었어. 난 아주 피곤했지만 기적처럼 잠이 들었고 오늘은 정신이 맑아. 아직 헨리 오빠는 어떤 불만도 없는 것 같아. 우리는 8시 반에 코범을 나섰고 킹스턴에 들러 아침 식사를 하고 2시 전에 집에 도착했어. 확실히 나이트 씨의 스타일이야. 발로우 씨가 친절한 미소로 문 앞에서 우리를 맞이했고 새로운 소식이 없냐는 우리의 질문에 대답해 주면서 평화가 찾아올 것 같다고 했어…… 어제는 폭설이 내렸고 밤에는 서리가 껴서 코범에서 킹스턴까지 힘든 길이 되었어. 그러다가 점점 진창에 힘들어졌고 헨리 오빠가 킹스턴에서 슬론 스트리트까지 마부 2명을 고용했어…… 난 길을 지날 때 **베일**을 통해 상스러운 사람들을 구경했어……

⚓ 19세기 초 주요 기착지인 킹스턴에 도착한 여행자들의 모습.
토머스 롤런드슨 작품.

↓ 〈샤일록〉 속 등장인물인 킨.
"우리는 킨 역할에 꽤 만족했다"고
제인은 소감을 남겼다.

토요일에 드루어리 레인 거리는 잠 잠했어. 하지만 킨이 아주 인기가 높아 세 번째나 네 번째 줄 좌석을 겨우 잡았어. 앞쪽 박스지만 아주 잘한 선택이길 바라. 〈샤일록〉은 패 니에게 아주 좋은 연극이었어……

저녁이야. 우리는 차를 마셨고 난 급히《히로인》을 3분의 1 정도 읽었 어. 난 이 책이 형편없다고 생각하 지 않아. 즐거운 해학극이고, 특히 앤 래드클리프의 스타일이야. 헨리

오빠는《맨스필드 파크》가 좋대. 헨리 크로퍼드가 제대로 영리하고 즐거운 인물이라 매료되었다고 하더라고. 내가 전하는 소식은 여기까지야……

애정을 담아, 제인

꽃 헨리가 교정을 보기 위해《맨스필드 파크》를 읽었고 이때 그는 자기 의견을 알렸다.《히로 인》(1813년)은 E. S. 배럿의 소설이다. 앤 래드클리프는 고딕 소설계의 여성 원로다. 그녀 가 쓴《우돌포의 신비》(1794년)는《노생거 사원》에서 캐서린 몰랜드가 찬양한 바 있다.

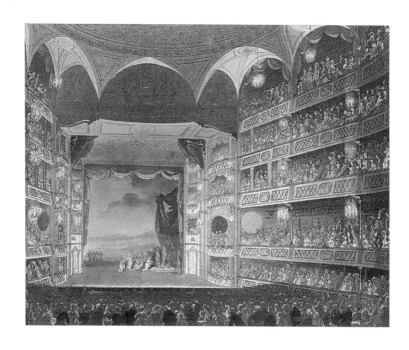

✚ 드루어리 레인에 있는 로열 극장의 모습.
롤런드슨이 1814년 아커만의 〈리포지터리〉에
수록하려고 외관과 내부를 묘사해 에칭한
자품이다. (위, 왼쪽)

캐서린이 그녀의 거짓 친구 이사벨라와
고딕 소설의 전율을 함께 즐기고 있다 _(노생거 사원) 중에서_

"그렇지만 내 사랑하는 캐서린, 오늘 아침 내내 넌 뭘 했어? 《우돌포
의 신비》는 읽었어?"

"맞아. 일어나자마자 쭉 읽었어…… 아! 난 책이 너무 좋아! 평생 책만
읽으며 살고 싶어. 장담하는데 널 만나지 않았다면 이 좋은 세상을 모
르고 살았을 거야."

"사랑스럽기는! 내가 너한테 얼마나 신세를 지고 있는지 몰라. 《우돌
포의 신비》를 다 읽으면 같이 이탈리아 소설을 보자. 내가 비슷한 종
류로 자주 혹은 열두 권 이상의 책 목록을 만들어 줄게…… 그거면 당
분간 충분하겠지."

"응, 좋았어. 그런데 그 책들이 다 무서운 소설이야? 전부 다 무섭다고
확신해?"

1814년 3월 9일 수요일 헨리에타 스트리트

커샌드라 언니에게

어젯밤에 우린 또 연극을 보러 갔고 아침에도 많은 시간을 밖에서 보내며 쇼
핑을 하고 인도인이 저글링을 하는 것도 구경했어. 지금부터 단장할 시간까

지 조용히 있을 거라 아주 기뻐……

〈농부의 아내〉는 3막이 뮤지컬 같았고 에드워드 오빠가 더 이상 가만히 못 있어서 우리는 10시가 되기 전에 집으로 돌아왔어.

패니와 J. P. 씨는 S. 양을 아주 마음에 들어 했고 그녀의 노래 실력은 단언컨대 수준급이야. 하지만 난 전혀 즐거움을 느끼지 못했어. 그녀에게 몰두할 수 없었고 그럴 생각도 없었고 주변 분위기에 휩쓸리지도 못했어. 내가 본 그녀는 유쾌한 사람이지만 연기에 소질이 없어……

어머니와 마사와 마찬가지로 나도 감기에 걸렸어. 감기를 떨어뜨리는 과제가 우리 사이에 일종의 경쟁이 되어 버렸어.

〈리포지터리〉 1814년 6월
호에 수록된 긴소매 드레스.

오늘은 소매가 긴 거즈 가운을 걸쳤어. 아주 근사하게 완성했지만 긴소매를 달아도 될지 확신이 안 섰어. 가슴 부분, 특히 모서리 쪽을 좀 낮췄고 위쪽 주변으로 땋은 무늬의 검은 새틴 리본을 둘렀어. 그런 식으로 포도 잎사귀를 붙여 의상을 만들 거야……

날씨가 얼마나 엉망인지 원! 그리고 여기서 포츠머스 경과 핸슨 양이 결혼했어!

헨리 오빠가 《맨스필드 파크》를 다 읽었고 감상평이 줄어들지 않았어. 오빠는 마지막 권의 후반 절반이 엄청 흥미롭다고 말했어.

금요일에 우리는 편안히 쉬었고 발로우 씨만 와 있었어. 난 벌꿀 술이 발효되어 아주 기뻐!……

애정을 담아, *J. A.*

❧ 'J. P. 씨'는 존 팸버턴 플럼트리를 지칭한다.

1814년 8월 10일 수요일 초턴

사랑하는 조카 애나에게

전 편지에서 네 질문에 답해 주지 못한 걸 알아차리고서 상당히 안타까웠어. 일부러 대답하지 않고 있다가…… 그만 잊어버리고 말았지 뭐야. 〈여주인공이 누굴까?〉라는 제목이 아주 마음에 들고 이내 인기가 높아질 거라고 장담할 수 있어. 하지만 모든 평범한 제목을 다 눌러 버릴 만큼 우월한 제목은 〈열정〉이라고 생각해……

17일 수요일. 어제 내가 받은 책 세 권 중 첫 권을 막 마쳤어. 내가 큰 소리로

읽자 다들 아주 즐거워했지. 매우 잘 쓴 작품인 것 같아……

전보다 더 신경 써서 교정을 봤어. 여기저기서 묘사가 제대로 드러나지 못한 부분을 발견했고 토머스 경이 팔이 부러진 바로 다음 날 다른 사람들과 마구간으로 산책 가는 부분을 지웠어. 사실 너의 아버지는 **자기** 팔이 붙자마자 산책하러 **나가긴** 했지만 책에서는 부자연스럽게 **보일** 것 같다고 판단했어. 그리고 토머스 경은 그들과 함께 산책을 하러 나갈 인물처럼 보이지 않아. 라임도 마찬가지야. 라임은 돌리시에서 대략 40마일은 떨어져 있으니 말이 안 돼……

그리고 P. 경과 그 동생과 그리핀 씨의 소개 부분도 삭제했어. 시골 외과의사 (C. 라이퍼드라고 말하지 말아 줘)는 자기와 같은 계급에 있는 사람에게 소개하지 않아. 그리고 포트먼 씨가 처음 불려 왔을 때 그는 **영예로운 사람**으로 소개되지 않았어. **그런** 차이는 당시에는 절대 언급되지 않지……

이제, 우리는 두 번째 권을 마쳤고 다섯 번째로 잘라 낼 부분은 레이디 헬레나의 추신이야. 《오만과 편견》을 읽은 사람에게는 모방처럼 보일 테니까……

⬥ 〈리포지터리〉 1810년 1월 호에 수록된 캐비닛 책상과 의자. 마호가니에 로즈우드, 새틴우드, 킹우드를 썼다. 책상에 개별 서랍이 있고 잉크와 모래시계가 구비된 것으로 보아 제인 오스틴이 사용한 책상과 비슷할 것이다.

↓ 제인 오스틴의 얼굴이 다 나온 유일한 초상화. 언니 커샌드라가 연필과 수채 물감으로 그렸다. 1801년경 작품이다.

난 아직까진 에저턴이 아주 마음에 들어. 그를 좋아할 생각은 아니었는데 그렇게 되었어. 수전은 아주 착하고 활발한 아이야. 세인트 줄리안은 한 사람의 인생에서 최고지. 그는 꽤 흥미로워. 그가 레이디 H.와 헤어지는 부분 전부가 아주 잘 써졌어. 맞아, 러셀 스퀘어는 버클리 스트리트와 매우 적절히 떨어져 있어. 우리는 마지막 권을 읽고 있어……

목요일. 어젯밤에 그레이트 하우스에서 차를 마시고 돌아온 직후 책을 다 읽었어. 마지막 장은 썩 마음에 들지는 않았어 연극이 별로였거든. 어쩌면 연극을 너무 많이 봐서 그럴지도 몰라…… 그리고 영국을 떠나지 않는 편이 좋을 거라고 생각해. 포트먼네가 아일랜드에 가게 놔둬. 알다시피 거긴 예의라고는 찾아볼 수 없는 곳이니 그쪽으로 전개하지 않는 편이 좋아. 잘못된 묘사를 할 위험이 크잖니…… 아직 세인트 줄리안이 세실리아와 진지한 대화를 나누는 것 같지는 않지만 난 그 부분이 아주 마음에 들어. 자기 딸들에 대해 이야기하는 중에 나타나는 이성적인 여성의 광기에 대해 그가 한 말은 아주 중요하다고 생각해……

사랑을 가득 담아, *J. A.*

▽ 〈여주인공이 누굴까?〉는 애나가 쓴 세 권짜리 소설의 가제다. 제인은 소설의 세세한 부분을 조카와 계속 논의해 나갔다.

1814년 9월 9일 금요일 초턴

사랑하는 애나에게

너의 세 권짜리 책을 우리는 아주 즐겁게 읽었지만 난 네가 바라는 것보다 더 큰 도움이 될 조언을 할까 해. F. 부인이 세입자로 들어가는 것과 T. H. 경과 같은 남성과 가까운 이웃이 되는데도 그럴싸한 이유가 없는 부분이 마음에 걸려. 부근에 그녀를 유혹할 만한 친구가 있어야 해. 다 자란 두 딸과 함께 사는 여성이 아는 이 하나 없는 동네로 들어가는 건, F. 부인처럼 신중한 사람이 보일 행동으로는 어색한 게 사실이야. 그녀가 아주 신중하다는 점을 잊지 마. 그녀의 행동을 모순되게 만들어서는 곤란해. 그녀에게 친구를 만들어주고 그 친구가 그녀를 소수도원에서 만나자고 초대하게 해. 그러면 그녀가 거기서 식사하는 부분이 이치에 맞잖아. 그렇지 않을 경우, 그녀의 상황에서

⚜ 토머스 롤런드슨이 그린 켄트의 '파버셤 근교 오스트리 경관.'
제인은 조카에게 개인의 경험에 근거해 시골 마을 장면을 서술하라고 조언했다.

다른 가족들의 방문을 받기 전에 거기로 가기는 어렵다고 봐……

너의 G. M.은 다른 무엇보다도 F. 부인이 에저턴가에 방문한 후 돌아오지 않아서 불안해하셔. 그들은 일요일 전에 목사관으로 돌아와야 해. 장소에 대한 설명은 다정하지만 좀 짧은 경우가 많구나. 그리고 F. 부인이 수전의 건강을 그리 잘 보살피지 않는 부분에 군말이 많은 것 같아. 수전은 폭우가 내린 직후에 산책을 나와 진창길을 오래 걸어선 안 돼. 극성맞은 엄마라면 절대 그렇게 두지 않겠지. 난 너의 수전을 정말 좋아해. 다정한 성품과 뛰어난 상상력이 날 아주 즐겁게 해 주거든. 지금의 그녀 모습을 좋아하지만 그녀가 조지 R.을 대하는 태도는 썩 마음에 들지 않아. 처음에는 그에게 큰 관심을 보이고 감정이 생긴 것 같았는데 그다음에는 아무것도 없잖아. 그녀는 무도회에서 엄청 차분해 보였어…… 그녀의 성격이 바뀐 것처럼 느껴져.

넌 지금 너만의 사람들을 창조해 내서 적재적소에 배치하는 즐거움을 누리는 중이고 나도 내 일만큼 기뻐. 시골에 서너 가족은 있어야 하니 그 부분 먼저 진행시켜 봐……

⬇ 진창길을 지나 식사하러 가는 모습을 보여 주는 다이애나 스펄링의 수채화 작품. 제인이 조카 애나의 소설에서 안타까워한 부분이다.

전개해 나가면서 일부분을 삭제하길 바라. 멜리시 부인이 나오는 장면에 대해 잔소리를 좀 할게. 지루하고 내용과 전혀 관련이 없어…… 돌리시와 뉴턴 프라이어스 사이의 사건을 축소하는 쪽으로 방향을 잡으면 글이 더 좋아질 거야. 사람들은 여자애들이 자랄 때까지 관심을 두지 않거든.

준비된 작품이 더 있다면 보고 싶어. 넌 글을 아주 빨리 쓰니까 엄청난 물량에 D. 씨가 당황하는 모습을 보이며 그가 키우는 양을 웃도는 가치를 쳐주길 간절히 소망해……

애정을 담아, *제인 오스틴*

❦ 애나의 'G. M.'은 할머니(grandmother)를 뜻한다.

1814년 9월 28일 수요일 초턴

사랑하는 애나에게

네 소설을 곧바로 돌려받고 싶어 하지 않길 바라. 너희 할머니에게 읽어 드리려고 하거든. 아직 공식적으로 낭독회를 가질 수 없으니까. 하지만 밤에 방에서 옷을 벗는 동안 커샌드라 고모에게도 읽어 줬고 아주 재미있었어. 우리는 첫 챕터가 엄청나게 마음에 들었고 다만 레이디 헬레나가 너무 어리석지 않은지 살짝 의구심이 들었어. 결혼에 관한 대화는 확실히 아주 좋았어. 난 수전을 여느 때보다 더 좋아하고 세실리아에 대해서는 별로 신경 쓰지 않게 되었어. 그녀는 원하는 만큼 이스턴 코트에 미몰리도 돼. 엔리 멜리시는 안타깝지만 일반 소설 등장인물로는 과분한 것 같아. 미남에 호감형이고 놀라울 정도로 사랑에 헌신하는 젊은이지만(현실에서는 그럴 수가 없으니까) 모든 게 다 허사로 돌아가잖아……

데브루 포레스터가 자신의 허영심 때문에 무너지는 부분이 참 좋았어. 하지만 그가 갑자기 '방탕함의 소용돌이'로 들어가도록 놔두지 않길 바라. 반대하는 건 아니지만 그런 표현을 참을 수가 없어. 전적으로 소설에만 등장하는 속어고 아담이 처음 소설을 읽은 시절마냥 너무 구닥다리야……

월터 스콧은 소설과는 인연이 없어. 특히나 훌륭한 소설 집필에 있어서는. 그건 공평하지 못해. 그는 유명하고 시인으로서 충분한 수익을 내고 있으니 다른 사람의 밥그릇을 빼

⚓ 평상복을 입고 책을 읽는 숙녀의 모습. 〈리포지터리〉에서 발췌. 가족들은 제인이 큰 소리로 책을 낭독하는 데 뛰어나다고 입을 모아 칭찬했다.

앗아서는 안 돼. 난 그를 좋아하지 않고 할 수 있다면 《웨이벌리》를 좋아할 마음도 없지만 그렇게 될 것 같아 두려워…… 어떤 소설도 정말로 좋아하지 않으리라고 마음을 먹었지만 에지워스 양과 네 작품과 내 소설은 예외야…… 셜록의 설교가 아주 마음에 들고 다른 무엇보다도 내 취향이었어.

애정을 담아, 고모 *J. A.*

🖉 월터 스콧 경의 소설 《웨이벌리》(1814년)가 막 출간되었다. 스콧 경은, 제인이 《에마》의 사본을 보낸 아일랜드 소설가 마리아 에지워스에 대한 그녀의 칭찬에 동감했다.

1814년 11월 18일 금요일 초턴

♣ 월터 스콧(위)과
마리아 에지워스(아래)의
판화.

사랑하는 조카 패니에게

편지를 다 썼을 **때** 네가 여전히 나의 가장 아끼는 패니로 남아 있을지 의구심이 들어. 지금까지는 조용할 틈이 없었지만 네가 최대한 빨리 소식을 들으면 기뻐할 걸 알기 때문에 그리고 나도 더 이상 기다리기 힘들어서 펜을 들었어. 아주 흥미로운 주제에 대한 말을 전하고 싶지만 그 목적에 부합할 수는 없을 것 같아. 네가 전에 했던 말에 대해 살짝 첨언을 하는 정도에서 그칠게.

처음에는 정말로 놀랐어. 네 감정에 어떤 변화가 있을 거라는 의구심을 가져 본 적이 없고 네가 사랑에 빠졌다는 확신도 없었거든. 사랑하는 패니, 지금 난 내 생각을 비웃을 준비가 되었어. 그렇지만 네 감정에 대해서 내가 잘못 판단한 부분에 있어서는 비웃지 않을 거야. 네가 처음 털어놓았을 때 신심으로 조심스럽게 대응했어야 했는데. 하지만 네가 생각하는 것만큼 깊이 사랑에 빠진 건 아니야. 넌 학위에 매료된 거라고 생각해. 행복을 위한 좋은 수단이고 더 많은 기회를 가져다주니까. 우리가 함께 런던에 있었을 때는 네가 정말 사랑에 빠진 것처럼 보였어. 그런데 지금 넌 그렇지 않아. 전혀 그런 기미가 안 보여.

인간이란 참으로 이상한 존재야! 그와 함께 있을 때 네가 안락함을 느낀다고 말했듯 그로 인해 애정이 식었을지도 몰라······

↓ 커샌드라가 그린
조신한 패니 나이트의 초상.

가여운 J. P. 씨! 오! 사랑하는 패니! 수많은 여성이 너와 같은 실수를 저질러. 그는 너한테 처음 애정을 보인 젊은이지. 그게 매력이고 가장 강력한 부분이야. 너와 같은 실수를 저지르는 젊은이들이 여럿 있지만 그렇다고 후회할 필요는 없어. 그의 성격과 그가 보여 준 애정은 전혀 부끄러워할 게 아니야.

이 문제를 어떻게 할 생각이니? 확실히 **넌** 그가 안심하도록 만들었어. 넌 다른 사람에게는 아무 관심이 없잖아. 그의 인생, 가족, 친구 관계, 무엇보다 성격에 있어서 보기 드문 서글서글한 마음가짐, 엄격한 원칙주의, 공정한 의견, 훌륭한 습관. 넌 그것이 어떤 가치가 있는지 잘 알고 있고 그 모든 게 중요하게 작용했어. 그 모든 것들이 그를 갈구하게 만든 거야. 그가 엄청난 능력을 갖췄다는 건 너도 확실히 알지. 대학에서 그 점을 증명했고 단언컨대 너의 쾌활하고 느긋한 남자 형제들과는 비교할 수조차 없는 인재야.

아! 사랑하는 패니, 그에 대해 쓸수록 내 감정이 더 달아오르고 강해져. 그 청년이 얼마나 귀한지, 네가 그와 사랑을 키워 가는 일이 얼마나 이상적인지 다시금 느끼게 돼. 그러기를 적적으로 권하고. 아마도 **세상에는** 그런 사람이 또 있겠지. 천에 하나쯤. 너와 내가 완벽하다고 생각하는 부류 말이야. 품위와 정신이 제대로 결합하고 가슴에서 우러나오는 예의범절과 이해심이 있는 그런 사람. 하지만 그런 사람은 네 앞에 나타나지 않겠지. 혹은 그렇다고 해도 그 사람은 부잣집 장남일 리가 없고 네 친한 친구의 오빠일 리가 없고 네 동네에 살지도 않을 거야……

이 점을 전부 다 생각해 봐, 패니. J. P. 씨는 한 사람에게서는 거의 충족될 수 없는 장점을 모조리 가졌어. 유일한 단점은 겸손함인 것 같아. 그가 덜 겸손했다면 더 활기차고, 더 크게 말하고 더 무례해 보였겠지. 그건 겸손함이 유일한 결점인 사람에게는 괜찮은 점 아니니? 그가 너와 더 많은 시간을 보내면 더욱 생기가 넘치고 너와 비슷해질 거라고 난 확신해. 그가 네 사람이라면 네 방식에 맞출 거야. 그리고 그의 **선량함**에 문제가 있어 복음주의자가 될 만큼 위험하다고 주장한다면 난 인정 못 해. 결단코 우리가 복음주의자가 되지 않을 거라고 확신하고 적어도 난 이성과 감정에 따르는 사람들이 가장 행복하고 안전해야 한다는 이유를 들어 설득할 거야. 너의 남동생들이 즐기는 위트 때문에 겁먹지 마. 지혜는 위트보다 낫고 장기적으로 볼 때 확실히 그쪽이 더 좋아. 그리고 그가 신약성서의 계율에 맞춰 더 엄격하게 행동할 거라는 생각에 두려워하지 않길 바라.

사랑하는 패니, 난 의구심의 한 부분에 대해 아주 길게 적었어. 이쯤 해 두고 너도 너무 깊이 생각하지는 말아. 네가 정말로 그를 좋아하지 않는 한 받아들여서는 안 돼. 애정 없는 결혼을 하느니 차라리 안 하는

⬇ 패니의 '가여운 J. P. 씨'가 옥스퍼드를 졸업하여 박사모와 가운을 입은 모습이 이럴 것이다. 아커만의 책《옥스퍼드대학교의 역사》(1814년)에서 발췌.

편이 더 낫고 견디기 수월해. 만약 그의 매너나 기타 등등의 결핍이 그가 가진 훌륭한 자질보다 더 크게 느껴지고 계속 마음에 걸린다면 당장 그를 포기하렴……

우리는 애나에게서 새로운 소식을 듣지 못했어. 애나가 새집에서 아주 편안할 거라 믿어. 편지 속에서는 아주 분별력 있고 만족감이 넘쳤고 행복을 구구절절 나열하지 않아 그게 더 마음에 들었던 것 같아. 결혼한 젊은 여성이 자주 그런 식으로 글을 쓰는 걸 난 그다지 좋아하지 않거든.

《맨스필드 파크》의 초판이 다 팔렸다는 기쁜 소식을 전할게. 너희 삼촌 헨리는 내가 시내로 나와 재판에 대해 정하길 바라고 있어…… 난 탐욕에 차서 그러고 싶지만 돈 걱정보다 네가 훨씬 우선이라 너의 괴로운 문제부터 해결하고 싶어. 호사로움을 누리는 것보다 네가 이해하는 게 더 중요하고 너

⚓ 초턴 근교에 위치한 벤과 애나 르프로이의 집. 애나가 직접 그렸다.

도 내 생각과 같아질 거야. 지금 이런저런 연락망을 통해 **칭찬이** 들어오고 있어……

애정을 담아, *J. A.*

그의 방을 찾아가서 네 감정을 더욱 고취하려는 노력에 난 감동했어. 특히나 더러워진 면도 수건이 압권이었지! 그런 상황은 글로 남겨야 해. 그냥 버리기는 너무 아깝잖아.

❧ "우리는 애나에게서 새로운 소식을 듣지 못했어"라는 부분은 애나가 최근 벤 르프로이와 결혼 생활을 시작한 것을 말한다. 결혼식은 11월 8일에 있었다.

1814년 11월 30일 수요일 한스 플레이스 23번지

사랑하는 패니에게
편지를 보내 줘서 정말 고마워. 네가 곧 또 소식을 전해 주길 바라……
아주 자연스럽게 머릿속에 떠오른 주제부터 꺼내 보려고 해. 네 말에 난 너무 놀랐어. 네 사랑이 나에게 가장 큰 기쁨이지만 그렇다고 해도 내 의견에 좌우되도록 결코 내버려 둘 수는 없거든. 그런 중요한 부분에 있어서는 네 감정, 누구도 아닌 너 스스로 결정을 내려야 해. 그러나 지금까지 네 질문에 대답하며 난 전혀 가책을 느끼지 않았어. 네가 **지금** 결혼하고 싶어 한다는 걸 난 확실히 알고 그게 그의 행복에도 도움이 될 거라고 생각하잖아. 하지만 아주 먼 미래까지 내다보고 모든 걸 감안하면 무턱대고 "그를 받아들일 준비를 해"라고 단언할 수 없어. 네 감정이 움직여서 그렇게 하는 쪽이 아니라면 **너한테** 위험 부담이 너무 커.

내가 심술궂다고 생각할지도 모르겠어. 지난 편지에서는 그의 좋은 점을 얘기해 놓고 지금은 반대로 향하고 있으니까. 하지만 나로서는 어쩔 수 없어. 난 **네가** 그와 약혼하며(언약 혹은 마음으로) 벌어질 일들을 무엇보다도 중요하게 생각하니까. 네가 많은 젊은이들을 만나 보지 못한 점, 진실한 사랑에 빠지기에 네가 얼마나 훌륭한 사람인지(맞아, 난 여전히 네가 훌륭하다고 생각해), 앞으로 네 인생의 6~7년 동안 생길 유혹들에 대해서 생각해 보니(인생에서 가장 강렬한 사랑을 경험하는 시기니까) 너의 아주 침착한 성정을 그의 영예를 위해 헌신하는 용도로 쓰라고 허락할 수 없어. 네가 그와 똑같은 능력이 있는 다른 남자에게 애정을 느끼지 못할 수도 있겠지만 그 남성이 너에게 더 많은 애정을 느낀다면 그는 네 눈에 완벽해 보일 거야.

과거의 감정을 **되살릴 수 있고** 왜곡되지 않은 자아가 앞으로도 계속해 나갈 수 있다면 기쁘겠지만 난 그럴 거라 기대하지 않고 그런 마음이 없는 상태로 네가 속박되길 바라지 않아. 네가 그와 **결혼한다고** 해도 난 두려워하지 않을 거야. 그는 그럴 가치가 있고 넌 이내 두 사람이 모두 행복할 정도로 그를 사랑하게 될 테니까. 하지만 이런 식의 암묵적인 약혼이 지속되는 건 언제 결실을 맺을지 모르는 불확실함이 있으니 정말 끔찍해. 그가 독립하기까지 몇 년이 걸릴 거고 넌 결혼을 생각할 만큼 충분히 그를 좋아하지만 그를 기다릴 만큼 많이 좋아하는 건 아니잖아. 변덕이 생기는 건 확실히 불쾌한 일이야. 과거에 착각한 것에 대한 벌을 받고 싶다면 이게 그거야. 사랑 **없이** 한 사람에게 속박되고 다른 이를 좋아히는 것만큼 절망적인 일은 어디에도 없어. 그건 네가 받아야 할 벌이 아니야……

난 토요일에 다시 무어스 양에게 가야 해. 그리고 돌아왔을 때 너의 쾌활하게 흘려 쓴 편지가 테이블 위에 놓여 있기를 바라. 안 지 하루 만에 무어스 양

♣ 당시 '왕립 우편 마차'의 모습. 마부와 근위대가
나팔총과 권총으로 각각 무장해 지켰다.

♣ 우편물을 받는 하녀.
파인의 《미니어처 월드》에서 발췌.

만큼 누군가를 좋아해 본 적이 없기는 하지만 부인들과 놀고 난 뒤에 편지를 받으면 난 안도할 거야. 잘 모르는 사람과 이야기를 나누는 건 힘든 일이거든. 내일 돌아오는 사람이 1명 더 있는데 아마 엘리자 양일 거라 난 두려워. 우리는 공통 관심사가 없어. 그녀는 젊고, 아름답고 수다가 많고 주로(내가 보기에는) 드레스, 친구, 감탄하는 것밖에 생각을 안 하는 것 같아……

고마워, 하지만 내가 힘든 재판 작업을 진행할지 아직 결정하지 않았어. 우리는 오늘 에저턴을 만날 거고 그때 결정이 날 것 같아. 사람들은 책을 사기보다는 빌려 읽고 평가하는 데 더 익숙해.

그게 전혀 놀랍지 않아. 하지만 나도 다른 사람만큼 칭찬을 좋아하고 에드워드 오빠가 **백랍**만큼 가치가 있다고 한 것도 마음에 들어. 기독교에 대한 우리의 생각이 다를 거라는 예상은 못 했어. 네가 그 부분에 대해 아주 잘 설명해 줬어. 우리는 복음주의라는 단어의 의미를 서로 다르게 알고 있어.

애정을 가득 담아, *J. A.*

↓ 〈리포지터리〉 속 1809년에 유행하던 숙녀의 파티 드레스.(위, 아래)

이 편지 속 '그'는 앞에서 언급된 존 플럼트리다.

**에마는 자신에게는 별로고 해리엇에게는 매력적인 결혼 제안을
그녀가 거절하도록 마음을 조종하고 있다** _〈에마〉 중에서_

"기도해 줘, 우드하우스 양, 내가 어떻게 해야 할까?"

"난 어떤 조언도 하지 않을 거야, 해리엇. 그 부분에 있어서는 아무것도 할 수 없거든. 이건 자신의 감정에 따라 결정해야 하는 부분이니까…… 난 일반적인 규칙을 따를 뿐이야. 여성이 한 남성을 받아들일지 의구심이 든다면 그 여성은 확실히 거절해야 해. '네'라고 승낙하길 꺼린다면 '싫어요'라고 곧장 거절해야 해. 의구심 어린 감정을 가지고 절반의 가슴을 안고 들어가는 건 안전하지 않으니까. 친구로서 내 의무라고 생각하고, 너보다 나이가 많아서 이렇게 말해 주는 거야. 하지만 네게 영향을 끼치고 싶어 한다고 상상하지는 말아 줘."

"어머! 아니야. 난 네가 호의를 베푸는 거라고 확신하고 내게 어떻게 하는 것이 최선인지 조언해 주는 거라고 생각해. 절대로, 절대로 그런 오해는 하지 않아. 네 말처럼 한 사람의 마음은 제대로 정리가 되어야 해. 결코 머뭇거려서는 안 돼. 이건 아주 심각한 일이니까. 어쩌면 '싫어요'라고 말하는 것이 안전할 것 같아. 내가 '싫어요'라고 거절하는 쪽이 더 좋을까?"

"절대 그렇지 않아." 에마가 상냥하게 웃으며 대답했다. "난 어느 쪽이든 괜찮다고 할게. 네 행복을 가장 잘 결정할 수 있는 사람은 너니까."

1815년 10월 30일 월요일 밤 한스 플레이스

사랑하는 조카 캐럴라인에게

너의 원고를 꺼내 볼 마음의 준비가 아직 되지 않았지만 곧 그럴 거고 내가 지체하는 통에 네가 불편한 건 아니길 바라. 네가 초턴에 있다면 우린 참 즐거울 텐데…… 넌 음악 연습을 할 수 있고 난 네가 내 악기를 잘 다루어 주며 어떤 면에서든 잘못되게 놔두지 않을 거라 믿어……

마차를 타고 가는 길에 비를 맞았다니 유감이야. 이제 너도 이모가 되었으니 결과에 책임을 지고 스스로 하는 일에 흥미를 갖고 즐기길 바라. 난 고모의 중요한 역할을 최대한 지키려고 노력할 거야. 너도 지금 나처럼 행동할 거라고 확신해……

애정을 담아, *J. A.*

♣ 피아노 앞에 앉은 자매의 초상. 영국의 초상화가 존 스마트의 1806년 작품이다. 피아노 연주는 당대 젊은 여성이라면 꼭 성취해야 하는 과제였다. 캐럴라인 오스틴은 고모 제인이 매일 아침 식사 전에 피아노를 연습했다고 회상한다.

♣ 영국 켄싱턴 서쪽의 작은 마을 브롬프턴의 전경. 조지 샤프의 1822년 작품이다.
이 풍경은 헨리와 엘리자가 처음 런던에서 집을 얻을 때의 모습과 비슷하다.

♣ 제인 오스틴의 음악에 대한 열정은
초턴에서 잘 드러났다. 그녀가 연주한
곡 중에서 캐럴라인 오스틴이 가장
좋아한 것은 그녀의 원고 모음집에
적힌 짤막한 프랑스 노래다.
처음 두 구절은 이렇다.
"나는 제비를 보는 게 좋아 / 매일
내 창문으로 날아들지."

1815년 12월 11일 월요일 초턴

친애하는 제임스 스태니어 클라크 귀하

제 소설 《에마》의 출간이 이제 눈앞에 있어 C. H.로 초판을 보내라는 당신의 친절한 조언을 한동안 잊고 있었다는 점을 알려 드릴 때가 된 것 같습니다. 전 당신의 지침에 따라 책이 실제로 나오기 사흘 전에 존 머리 씨가 H. R. H.께 보내기로 약속했다는 걸 알려 드립니다.

이 기회를 빌려 제 다른 소설에 대한 당신의 높은 평가에 감사하는 바입니다. 그 책의 가치를 넘어서는 칭찬을 해 주신 것이 아닌지 확인하고 싶은 소망은 너무 헛된 바람이겠지요.

⬥ 칼턴 하우스의 웅장한 계단실은 제인이 왕자의 호화로운 저택을 둘러볼 때 마주했을 법하다.

지금 전 이 네 번째 작품이 좋았던 다른 작품들의 명예에 오점을 남길까 걱정이 큽니다. 하지만 이 시점에서 제가 아무리 성공을 바란다고 한들《오만과 편견》을 사랑하는 독자들은 위트가 형편없다고 여길 거라는 마음이 강하게 밀려듭니다.《맨스필드 파크》를 좋아하는 독자라면 센스가 부족하다고 생각하겠지요. 그래도 당신이 이 원고를 받아 주는 호의를 베풀어 주시길 바랍니다. 보내는 일은 존 머리 씨가 맡아서 해 줄 겁니다.

11월 16일에 보낸 노트의 스케치를 받았고 제가 당신처럼 고매한 성직자를 묘사할 수 있을 거라 생각해 주신 부분에 상당히 감동했습니다. 하지만 아쉽게도 전 결코 그럴 수 없습니다. 등장인물의 익살스러움은 표현할 수 있지만 훌륭하고 열정적이고 문학적인 방식으로는 불가능하니까요. 당시 남자들의 대화는 과학과 철학 같은 주제인데 저는 그런 부분에 대해 전혀 모르고 혹은 저 같은 여성에게는 간간이 인용이나 암시 정도만 할 수 있을 뿐입니다. 그것 역시 어머니에게서 들었거나 독서의 힘을 좀 빌렸을 따름인지라 전적으로 제 권한 밖입니다. 고전 교육은 어쨌든 영문학과 고전, 현대와 매우 광범위하게 연결되어 있고 당신과 같은 성직자만이 가능할 듯싶습니다. 제 안의 모든 허영심을 동원해 스스로 자랑한다고 해도 전 여성 작가 중에서 가장 배움이 짧고 지식이 모자란 사람입니다.

제 말을 믿어 주시길 바랍니다.

감사와 믿음을 전하며,

보잘것없는, 제인 오스틴 드림

'C. H.'는 칼턴 하우스를 말한다. 'H. R. H.'는 섭정 왕자 전하(His Royal Highness)를 지칭한다.

1815년 12월 혹은 1816년 초로 추정 _{초턴}

사랑하는 애나에게

너의 제마이마를 정말로 보고 싶고 너도 나의 《에마》가 궁금할 거라 생각해서 네가 빨리 읽을 수 있도록 한 부 동봉했어. 여기서는 다 읽었으니까 원하는 만큼 실컷 봐도 좋아.

J. A.

❧ 제마이마는 10월 20일에 태어난 애나의 첫 번째 아이다.

1816년 3월 13일 수요일 _{초턴}

사랑하는 캐럴라인에게

너의 생기 넘치는 편지에 답을 할 기회가 생겨서 너무 기뻐. 장리스 부인을 향한 너의 감정이 내 조카답다고 생각해. 인생에서 가장 조용한 시기인 지금조차도 화를 내지 않고 《올림포스산의 테오필》을 읽는다는 건 상상조차 할 수 없어. 그 책은 정말 너무해! 결혼했을 때 둘이 행복하게 놔두지 않았어야지. 부탁인데 그 이야기는 하지 말아 줘……

얼마 전에 네 오빠한테서 근사한 편지를 받았고 난 그 애의 글솜씨가 얼마나 많이 나아졌는지 알게 되어 기뻐……

최근 우리 집 문 앞에 사륜 역마차가 멈춰서 아주 즐거웠어. 며칠 동안 세 번이었고 우리는 그렇게 예상치 못한 손님을 맞았지. 네 삼촌 헨리와 틸슨 씨, 히스코트 부인과 비그 양, 네 삼촌 헨리와 시모어 씨가 주인공이었어. 매번 같은 헨리 삼촌이라는 걸 알길 바라……

애정을 담아, 고모 J. A.

⚜ 파인의 《소우주》에서 발췌한 사륜 역마차.

1816년 4월 1일 월요일 초턴

친애하는 제임스 스태니어 클라크 귀하

왕자 전하의 답례라는 큰 영광을 누렸고
작품에 대한 당신의 친절한 언급에도 고마
움을 느낍니다……

당신의 재능과 문학적 노력, 혹은 왕자 전
하의 호의로 말미암은 모든 흥미로운 상황
속에서 건승을 빕니다. 최근 임명받은 일
이 더 나은 길로 향하는 발판이길 바랍니
다. 제 생각에 법정은 아주 박봉이라 엄청
난 시간과 감정적 희생이 필요할 것 같습

⚜ 상아 위에 새긴 섭정 왕자의
세밀화. 제인은 마지못해
왕자에게 《에마》를 보냈다.

니다.

저에게 일종의 글 구성에 관한 힌트를 주시다니 매우 친절하시군요. 전 삭스 코부르 저택에서 이루어진 역사 로맨스를 제대로 인식하고 있으며 제가 살고 있는 시골 마을의 일상적인 장면보다 확실히 더 인기 있고 이윤을 내는 데 적합할 거라고 봅니다. 다만 저는 더 이상 로맨스를 쓸 수 없고 차라리 서사시가 낫겠지요. 제 목숨이 걸린 일이 아닌 이상 진지하게 자리 잡고 앉아서 심각한 로맨스를 쓸 수 없고, 꼭 그렇게 해야 하고 스스로 혹은 다른 사람을 두고 웃으며 쉴 수 없다면 첫 챕터를 끝내기도 전에 목을 맬 거라고 확신합니다. 아니, 전 제 문체를 고수해야 하고 제 방식대로 할 겁니다. 그로 인해 다시는 성공하지 못할지도 모르지만 다른 방식으로도 완전히 실패할 것이라고 장담합니다.

여전히 존경하는 귀하께 감사드리며.

당신의 진정한 친구,
제인 오스틴 드림

♦ 존 하든이 웨스트몰랜드에 사는 자기 가족의 생활상을 담은 이 그림은 제인의 초턴에서의 삶을 생생하게 일깨워 주며 제임스 클라크의 제안이 터무니없다는 걸 강조한다.

엘리자베스 베넷이 허용하는 터무니없음의 정도에
창작자의 기준이 반영된 듯하다 _《오만과 편견》 중에서_

"다아시 씨를 비웃을 수 없다니!" 엘리자베스가 소리쳤다. "참 보기 드
문 장점이네요, 계속 그러길 바라요. 그런 지인을 많이 두는 건 저한
테는 엄청난 손실일 테죠. 전 확실히 비웃는 걸 정말 좋아하니까요."

"빙리 양이." 다아시가 말했다. "실제보다 더 높이 절 평가하셨군요. 가
장 현명하고 최고의 남자라고, 아니, 가장 현명하고 최고의 남자라고
해도 인생의 목적이 농담인 사람에게 터무니없는 대상으로 치부될지
도 모르죠."

"확실히 그래요." 엘리자베스가 대답했다. "그런 사람들도 있지만 전
그들의 일부가 아니길 바라요. 무엇이 현명하고 선량한 것인지 다시
는 잘못 판단하는 일이 없길 바라요. 적개심과 허튼소리, 변덕과 모순
이 저를 헷갈리게 하더라도 가뿐히 무시할 수 있었으면 좋겠어요. 하
지만 당신한테는 그런 단점이 없는 것 같군요."

"누구에게도 불가능할 겁니다. 하지만 평생 공부해서 조롱거리가 되
지 않도록 하려 합니다."

"허영과 오만 같은 단점으로 말이죠."

"맞아요, 허영은 정말로 단점이에요. 하지만 오만은, 마음속에 진정한
우월감이 있다면 오만은 제대로 통제할 수 있어요."

친애하는 존 머리 귀하

당신의 잡지 〈쿼털리 리뷰〉에 깊이 감사드립니다. 《에마》의 작가로서 받은 비평에 대해 불평할 이유가 없어요. 《맨스필드 파크》를 전적으로 배제한 부분만 제외하고는요. 《에마》를 비평하는 영리한 사람이 그 책을 주목받을 가치가 없다고 여기는 부분에 유감스러움을 금할 길이 없습니다. 제가 왕자 전하께 보낸 《에마》의 **근사한** 사본에 대해 전하의 감사 편지를 받았다는 기쁜 소식을 전합니다. 작품에 **제가** 어느 정도 공헌했는지 왕자 전하가 어떻게 생각하시든 간에 **당신의 의견**이 맞는 것 같습니다……

친애하는 귀하께.

제인 오스틴 드림

❖ 문제의 비평가는 월터 스콧 경이다.

Part. 6

초턴과 윈체스터에서 보낸 편지

Chawton & Winchester
1816~1817

◈ 온천 도시 첼트넘 여섯 명소 중 한 곳인 몽펠리에 펌프 룸의 모습.
영국 수채화가 토머스 헐리의 1813년 작품이다.
제인은 질환을 치료하려고 온천에 갔지만 노력은 수포로 돌아갔다.

생의 마지막 1년

1816년 5월, 에드워드 오스틴 나이트와 패니는 초턴 코티지에 몇 주 묵었다. 스태니어 클라크의 터무니없는 제안을 제인이 풍자적으로 비꼬아 '여러 부분에서 힌트를 얻은 소설'용 이야깃거리를 만들어 주려고 함께 즐거운 시간을 보낸 것 같다.

나이트 가족이 떠난 뒤, 제인과 커샌드라 자매는 온천을 하러 첼트넘으로 갔다. 제인이 겪고 있던 고통스러운 증상을 고치거나 적어도 줄이려는 희망을 품고. 그녀는 애디슨병 혹은 부신과 관련된 질환을 앓고 있던 것으로 추정되며 그로 말미암은 체력 저하와 우울증을 비롯해 편지에서 설명한 것처럼 피부색이 얼룩덜룩해지는 증상을 보이고 있었다. 당시 이 질병은 차도가 있을 수도 있지만 대체로 결국 사망에 이르는 무서운 병이었다. 자매는 스티븐턴에서 여정을 멈추고 킨트버리에 사는 파울네에 들렀다 돌아왔고 이것이 제인의 마지막 여행이 되었다.

6월 중순 자매는 초턴으로 돌아왔고 제인은 육체적인 쇠약과 정신적인 낙담을 이겨 내며 《설득》의 집필에 몰두했다. 원고는 웬트워스 대령이 앤 엘리엇에게 청혼하는 내용이 담긴 폐기된 부분까지 포함하고 있는데 작가는 창의적인 에너지가 샘솟던 짧은 기간 동안 본인의 만족을 위해 내용을 고쳤다.

캐럴라인 오스틴의 기억 속에서 고모 제인은 나날이 쇠약해지고 있었다. 더 이상 산책을 할 수 없어 한동안 어머니의 당나귀를 타고 바깥 공기를 쐬었지만 이내 이조차 너무 버거워져 버렸다. 그녀는 식사 후에 누워서 쉬는 걸 좋아했고 의자 세 개를 붙여 놓고 불편하게 몸을 뉘었다. 캐럴라인에 의하면 오스틴 부인이 유일하게 안락함을 느끼는 소파를 차지하고 싶지 않아서였다고 한다. 소소하지만 부모에 대한 제인의 섬세한 배려를 느낄 수 있다.

⚓ 당나귀를 타는 여인의 모습을 담은 아이작 크룩섕크의 수채화 작품. 말년에 제인은 운동으로 기력을 되찾고자 했으나 쇠약해진 몸으로는 버틸 수 없었다.

여름이 끝나 갈 무렵 커샌드라는 동생의 건강이 첼트넘에 다시 방문할 정도로 좋아진 걸 보고 기뻐했다. 이때 제임스의 아내 메리 로이드도 동행했다. 한편, 제인은 열여덟이 된 조카 제임스 에드워드 오스틴리와 함께하며 위안을 찾았다. 제임스의 아들은 제인을 즐겁게 해 주었고 조카에 대한 그녀의 애정이 커졌다. 유명한 문구 "고급스러운 2인치 너비의 작은 상아 붓으로 작업했지만 엄청난 노력을 들인 결과물은 초라했어"는 1816년 12월 16일 그녀가 자신의 생일에 보낸 편지에서 확인할 수 있다. 소설을 써 보겠다고 나선 조카를 능청스럽게 놀린 것이다.

제인의 오빠인 헨리와 에드워드는 그해 겨울 자주 코티지에 방문했고 찰

♦ 제인의 어머니 오스틴 부인의
꼿꼿한 실루엣.

스는 11월에 잠시 다녀갔다. 그는 소아시아의 해변에서 피닉스호를 좌초시킨 후라 낙담해 있었다. 헨리는 이때 이미 성직자 서품을 받았고 제인은 그의 설교를 들을 기대에 부풀었다. 1817년 새해를 맞아 병세가 호전되어 그녀는 올턴에서 며칠간 프랭크네 가족과 지냈고 제멋대로인 아이들로 북적거리는 틈에서도 즐겁게 머물렀다. 그런 다음 현재 《샌디턴》으로 알려진 미완성 소설의 작업에 들어가 기력이 쇠해 그만둘 때까지 열두 챕터를 썼다. 하지만 3월에는 패니에게 편지를 쓸 수 있을 정도로 회복해 특유의 애정과 풍자를 섞어 자신의 심장에 추가로 문제가 생겼다고 알렸다. 패니는 플럼트리 씨를 거절한 지혜를 발휘해 다시 고모를 안심시켜야 했다. 전 구혼자는 그녀의 거절에 동요하지 않고 다른 여성을 물색하는 모습을 보여 패니를 당혹게 했다.

이제 80대가 된 리 패럿 씨는 1817년 3월 말에 숨을 거두었다. 그는 모든 자산을 미망인에게 남겨 조카들을 실망시켰다. 과거 조카들에게 친절하게 대한 모습에서 그가 동생인 오스틴 부인에게 유산을 남길 거라는 예상이 빗나간 것이다. 오스틴 부인은 동요하지 않았지만 제인은 평소답지 않게 낙심이 커서 신경쇠약에 빠졌고 체력적으로도 컨디션이 악화되었다.

캐럴라인은 마지막으로 제인을 방문했던 시기를 이맘때로 기억하고 있었다. 그녀와 애나가 와이어즈에서 초턴으로 걸어갔고 제인은 자기 방에 있었다. "고모는 가운 차림으로 팔걸이의자에 병약하게 기대 있었다. 하지만 의자에서 일어나 친절하게 우리를 맞은 뒤 벽난로 옆에 마련해 둔 자리에 가서 앉으라고 손짓하며 이렇게 말했다. '결혼한 숙녀를 위한 의자와 널 위한 작은 스툴이 있단다, 캐럴라인.' 이상했지만 그 사소한 말이 내가 기억하는 고모의 마지막 말이다…… 난 우리가 고작 15분간 머물다 갈 거라 생각하지 못했다. 그 뒤로 다신 제인 고모를 보지 못했다."

제인은 몸 상태가 좀 나아진 데 즐거워했지만 전적으로 혹은 어느 정도 자신의 상태가 실제로 어떤지 알고 있었다. 그래서 4월 말 간단하게 유언을 작성해 자신이 가진 모든 것을, 두 개의 작은 유산을 제외하고 모두 커샌드라에게 남긴다고 적었다. 5월이 되자 그녀는 신임이 두터운 내과의사 라이퍼드 씨의 근처에 머물고자 윈체스터의 하숙집으로 이사 가기로 했다. 그녀와 커샌드라는 5월 24일 채플 스트리트 8번지까지 약 26킬로미터의 여정에 올랐고 제인이 너무 불안해하는 통에 제임스의 마차를 타고 헨리와 조카 윌리엄 나이트가 비가 퍼붓는 와중에 함께했다.

출발하기 이틀 전, 제인은 친밀한 관계를 유지하고 있던 가드머섐의 가정 교사인 샤프 양에게 장문의 편지를 써서 회복에 대한 희망과 가족들의 애정 어린 보살핌에 관해 언급했다. 특히 커샌드라의 헌신적인 간호에 관한 내용이 주를 이뤘다. 5월 27일, 윈체스터로의 여독에서 회복한 제인은 가장 아끼는 조카이자 미래의 전기 작가인 '사랑하는 에드워드'에게 편지를 써서 특유의 건조한 유머를 선보였지만 고통스러운 노력의 대가는 알려지지 않았다. 이 편지에서 매일 제인을 보러 오는 히스코트 부인은 1796년 첫 편지에서 등장한 '각별해지는 법을 모르는' 히스코트 씨와 춤을 추던 비고 그 엘리사메스비그다. 같은 시기의 정확한 날짜가 적혀 있지 않은 메모를 제외하고 이것이 제인의 마지막 편지로 남았다.

6월 초 메리 오스틴이 시누이를 간병하려고 칼리지 스트리트에 도착했다. 위급한 상황에서도 제인은 그녀를 고맙게 쳐다보며 "넌 언제나 나한테 다정한 동생이었어, 메리"라고 말했다. 그러나 커샌드라에게는 제임스의 아내가 매정하고 지배욕이 강한 사람이라며 비난했다.

이제 헨리와 제임스는 계속해서 칼리지 스트리트에 머물렀고 때가 되자 제인에게 절망적인 상황이 왔음을 알려야겠다고 느꼈다. 제인은 체념하고 침착하게 반응하면서 이성이 남아 있을 동안 성체 성사를 받겠다고 말했다. 그녀가 정말 사랑한 두 남자 형제가 예식을 주관했다.

마지막으로 원기를 찾았을 때 제인은 '성 스위딘의 날(7월 15일을 말한다. 영국에서는 이날 비가 내리면 40일 동안 비가 오고, 반대로 맑으면 40일 동안 화창한 날씨가 계속된다는 민담이 있다 −옮긴이)'을 주제로 가벼운 운문을 썼다. 그러나 7월 18일 금요일, 잠시 고통에 몸부림치던 제인은 커샌드라의 품에서 숨을 거두었다. 일반 미사를 방해하지 않기 위해 그다음 주 목요일 이른 아침 그녀는 윈체스터 대성당의 북쪽 통로에 묻혔다.

커샌드라는 동생이 죽은 직후 패니 나이트에게 두 통의 편지를 써 제인에 대한 사랑과 슬픔을 가득 토해 냈다. 그녀는 제인의 마지막 순간을 설명하고 자신의 깊은 감정을 전했다. "내 일부를 잃어버린 느낌이야."

⬇ 세인트 길리스 힐에서 바라본 윈체스터의 광경.
제이이 묻힌 대성당이 보인다.

윈체스터칼리지의 강의실.

1816년 7월 9일 화요일 초턴

사랑하는 조카 에드워드에게

편지 고마워. 한 줄 한 줄이 다 **고맙고** W. 딕위드 씨가 와 주는 것도 기뻐……
네가 돌아온다고 다시 알려 줘서 다행이야. 그 말이 빠진 편지를 지금까지
많이 받아 왔기에 이번에는 가슴이 철렁했어. 심각한 병에 걸려 윈체스터에
발이 묶인 채 펜조차 들 수 없다거나 스티븐턴에서 써 놓은 편지를 차례대로
부치며 날 속이고 있는 걸지도 모른다는 생각에 겁이 났어. 하지만 지금은
전혀 의구심이 들지 않고 실제로 심각한 문제가 있지 않은 한 그런 말을 꺼
내지 않을 거라고 확신해.

어제 아침에 소년들을 가득 태운 사륜 역마차를 수도 없이 봤어. 미래의 영
웅, 국회의원, 멍청이와 악당들이 가득 탔지. 치즈 운반 편에 부친 내 마지막
편지에 대해 넌 아직 고맙다고 말하지 않았어. 감사 인사를 받지 못해 너무
분해. 물론 아직 우리를 찾아오지 않았으니 그 부분에 대해서는 나중에 생각
할까 해. 우선 어머니의 몸이 좋아지셔야 하고 그런 다음 넌 꼭 옥스퍼드로
가야 해. 징집되어서는 곤란해. 환경이 조금 달라지면 한결 나을 거고 너의
주치의도 바다나 아주 큰 호숫가 근처에 살라고 말해 주면 좋겠어. 어머나!
다시 비가 와……

메리 제인과 나는 오늘 이미 비를 잔뜩 맞았어. 파링던으로 가는데 당나귀
마차를 탔거든…… 우리는 울스 씨를 만났어, 거추에는 안 좋은 날씨라고 했
더니 그가 밀에는 더 끔찍하다는 말로 위로하더라고……

애정을 담아, *J. A.*

1816년 9월 8일 일요일 초턴

사랑하는 커샌드라 언니에게

오늘 언니의 편지가 도착하기만 손꼽아 기다렸어. 누가 봐도 편지가 내게 기쁨을 줄 거라고 생각할 정도로 말이야. 언니가 첼트넘 생활에 크게 만족한다니 정말로 기뻐. 물이 좋으면 다른 것들은 사소한 부분이니까……

올턴에서의 날들은 아주 즐거워. 사슴 고기가 꽤 괜찮고 아이들도 말썽을 부리지 않고 있어. 그리고 딕위드 부부는 우리의 제스처 놀이에 친절하게 반응하고 다른 게임에도 그래…… 우리는 아름다운 달빛을 받으며 걸어서 집으로 돌아왔어.

며칠 동안 등에 통증이 전혀 느껴지지 않는 건 언니 덕분이야. 불안함은 피로만큼 해롭다고 난 생각하고 그래서 언니가 가야 하는 상황에서부터 아팠

♦ 다이애나 스펄링이 묘사한 제스처 놀이. 1818년 작품이다.
오스틴 일가는 이 놀이를 즐겼다.

던 거야……

저녁…… 난 페리고드 부인에게서 편지를 받았어. 그녀가 어머니와 함께 다시 런던으로 돌아왔대. 지금 프랑스가 전반적으로 빈곤하고 절박하고 돈도, 무역도 아무것도 할 수 없는 상태에 여관 주인만 바쁘다고 하더라고. 그녀의 현재 상황은 그래도 전보다는 덜 우울한 것 같아.

전에 말했듯이 에드워드가 옆에 있으니 아주 즐거워. 그래서 금요일이 와도 슬프지 않아. 바쁜 한 주였고 며칠 동안 조용히 있으면서 같이 있는 사람이 주는 생각과 재간에서 벗어나려고 해. 글 쓰는 건 불가능할 것 같아. 머릿속에 양고기와 루바브가 가득 차 있거든……

사랑을 가득 담아서, *J. A.*

🔸 페리고드 부인은 엘리자 행콕의 프랑스인 하녀다.

🔻 영국의 수채화가 G. F. 롭슨이 화폭에 담은 윈체스터 전경. 1827년 그림이다.

사랑하는 조카 에드워드에게

지금 너한테 편지를 쓰는 이유 중 하나는 **변호사님**이라고 부르고 싶어서야.
윈체스터에 남는 즐거움을 선사해 줄게. 이제 넌 거기가 얼마나 절망적인지
알게 되겠지. 차츰 모든 것이 드러날 거야. 범죄와 절망감. 얼마나 자주 런던
으로 편지를 보내고 술집에서 50기니를 탕진하게 되는지. 그리고 얼마나 자
주 스스로를 제약하고 케케묵은 윈턴의 관습에 얽매일지. 고작 도시에서 가
까운 곳에 숲이 있다는 이유만으로 말이지……

네가 언제 우리를 보러 올지 궁금해. 꽤 예상이 가지만 말하지 않을래. 우리
는 헨리 삼촌이 아주 좋아졌다고 생각해. 지금 그를 보면(전에 보지 못하고) 너
도 그렇게 생각할 거야. 그리고 우리는 건강, 정신, 용모가 모두 개선된 찰스
삼촌을 보는 편안함을 누리고 있어. 각각이 다른 방식으로 아주 합당하고 조
화로워서 보는 내내 즐거움을 감출 수 없어.

헨리 삼촌은 아주 훌륭한 설교문을 써. 너와 내가 한두 개를 손에 넣은 다음
우리 소설에 써먹자. 분량을 늘리는 데 도움이 될 거야. 그리고 우리의 여주
인공이 일요일 저녁에 큰 소리로 그걸 읽게 만들 수 있어.《골동품상》에서
이사벨라 워더가 세인트 루스의 폐허에서 하르츠 디몬의 역사를 낭독한 것
처럼 말이야. 아니, 다시 기억을 떠올려 보니 러벌이 낭독자였어. 아무튼 사
랑하는 에드워드, 너희 어머니가 편지에서 언급한 원고 분실에 대해 꽤 걱
정하고 있어. 두 챕터와 절반이 사라진 건 아주 큰일이야! 최근 **내가** 스티븐
턴에 가 있지 않은 게 잘된 일이야. 내가 훔쳤다는 의심을 받지 않아도 되니
까. 두 챕터 반이 내 쪽으로 넘어오면 도움이 되겠지. 그렇지만 그런 식의 도
둑질은 정말로 내게 유용하지 않아. 너의 강력하고 남성적이고 열정이 넘치

는 스케치와 다채로움과 화려함으로 반짝이는 글을 내가 가져서 뭐 하려고?
고급스러운 2인치 너비의 작은 상아 붓으로 작업했지만 엄청난 노력을 들인
결과물은 초라했는데 내가 그걸 가지고 뭘 할 수 있을까?……

사랑스러운 조카여, 안녕! 캐럴라인이 너한테 잘해 주길 바라.

애정을 담아, *J. A.*

✍ 《골동품상》(1816년)은 월터 스콧 경의 소설이다. 에드워드의 '두 챕터'란 그가 쓰고 있는 소
설을 말한다.

1817년 1월 24일 금요일 초턴

친애하는 알레시아 비그에게

우리 사이에 편지가 좀 뜸했던 것 같아. 하지만 난 **네** 쪽에서 편지를 잘 안
보낸 것 같다고 생각해. 이번 기회에 홍수에 휩쓸리거나 류머티즘으로 고생
하는 일 없이 스트리텀 일가들이 모두 잘 있다는 소식을 알게 되길 바라……
우리는 모두 건강히 잘 있고 확실히 난 겨울 동안 체력을 좀 회복했고 완전
히 좋아질 날도 그리 멀지 않았어. 그리고 내 상황도 이전보다 나아져서 다
른 심각한 질병이 되돌아오지 못하게 막을 정도가 되었어…… 우리 집안 목
사가 곧 새로 이곳으로 부임할 예정이고 아마 한동안 일요일에 파필론 씨를
도울 것 같아. 첫 설교가 끝나면 아주 기쁠 것 같아. 가족석에서 우리는 불안
할 것 같지만 그가 평생 해 왔던 것처럼 편안하고 침착한 모습을 보여 줄 거
라 기대해……

해외에서 받은 네 편지들이 만족스럽기를 바라. 솔직히 나한테는 그렇지 못

했어. 그저 영국에 있지 않은 것에 대한 강한 후회를 풍기더라고……

J. A.

이 편지를 쓴 실질적인 이유는 답장을 보내 달라는 건데 그 부분을 노골적으로 드러내지 않는 편이 우아하다고 생각했어. 매니다운에서 같이 근사한 오렌지 와인을 마시던 날이 기억나…… 네가 답장을 주길 바랄게……

❧ 알레시아의 여동생 캐서린은 서리의 스트리텀 교구 목사인 허버트 힐과 결혼했다. 헨리 오스틴은 1816년 12월에 서품을 받고 초턴의 부목사로 임명되었다.

⚓ 비그위더 가족의 집인 매니다운.
엘리자베스와 알레시아, 캐서린 자매는
오스틴 자매들과 가까운 친구였다.

1817년 2월 20일 목요일 초턴

사랑하는 조카 패니에게

넌 독특하고 거부할 수 없는 매력의 소유자이자 내 인생의 즐거움이야. 날 즐겁게 해 주는, 네가 최근에 보낸 편지들을 봐! 너의 특별한 마음이 가득 담겼고 사랑스러운 상상의 나래가 마음껏 펼쳐졌지. 넌 네 몸무게만큼의 금화 혹은 새로 나온 은화만큼 특별해. 네 일대기에 대한 글을 읽고 내가 어떤 감성을 느꼈는지 말로 다 설명할 수 없구나. 내가 느꼈던 그 모든 안타까움과 걱정과 감탄과 즐거움을 말이야. 넌 어린아이 같으면서도 분별력이 있고 평범하면서도 특별하며 슬프면서도 쾌활하고 자극적이면서도 흥미로워. 너의 근사함과 환상적인 취향, 모순적인 감정의 변화를 따라갈 사람이 누가 있을까? 넌 아주 특별해. 그리고 항상, 아주 완벽하게 자연스럽고 너만의 독창성이 있어 다른 누구와도 비슷하지 않아!

너를 아주 자세히 알게 되어 난 정말로 감사하고 있어. 네 마음속의 사진들을 볼 수 있다는 게 내게 어떤 즐거움인지 넌 상상조차 못 할 거야. 아! 네가 J. W. 씨와 결혼하면 내가 느낄 상실감에 벌써 겁이 나. 그가 널 가지겠지. 난 제단에 선 널 그저 바라볼 테고……

내가 실제로 결혼을 반대한다고 생각하지는 말아 줘. 난 오히려 그에게 호감이 있는 쪽이니까 말이야…… 게다가 네가 칠햄 캐슬에 사는 게 좋을 것 같아. 난 그저 아무나와 결혼하는 걸 마땅치 않아 할 뿐이야. 하지만 네가 결혼하기를 아주 많이 바라고 있어. 넌 결혼하기 전까지 결코 행복하지 않으리란 걸 내가 알기 때문이야. 물론 패니 나이트를 잃는다는 건 내게 있을 수 없는 일이지.

벤과 애나가 지난 일요일에 헨리 삼촌의 설교를 들으러 이곳에 걸어왔고 그 애가 너무 아름다워서 보는 내 눈이 황홀할 지경이었어. 젊음이 한창일 때 나쁜 생각이라곤 평생 해 본 적 없는 사람처럼 순수해 보였어. 하지만 그 점은 누군가에게 그녀가 분명 그럴 거라고 생각하게 만들기도 해. 우리가 원죄를 믿고 그 애의 어린 시절을 기억한다면 말이지……

카드리유를 거절했다는 말을 듣고 난 엄청나게 기뻤어. 한 사람에게 돌이킬 수 없을 만큼 마음을 주고 있는 숙녀로서 아주 잘한 일이야! 사랑하는 패니, 너 같은 사람은 없어. 너 스스로 그런 건 믿지 마. 사악한 모략 같은 걸 네 머릿속에 퍼트리지 마. 네 상상 속에 집어넣지 말아 줘. 이상한 느낌 같은 건 무시하고 너의 근사함에 감사하렴. 넌 이성적인 아이고 더 훌륭한 대접을 받을 자격이 있어. 넌 그와 사랑에 빠진 게 아니야. 넌 결코 그와 진정한 사랑에 빠진 적이 없어.

널 아주 사랑하는, *J. A.*

‘J. W. 씨’는 켄트의 칠햄 캐슬에 사는 제임스 와일드먼을 말한다.

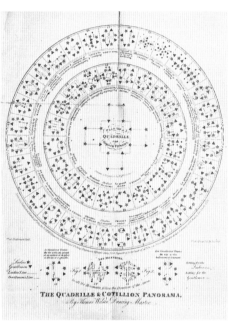

토머스 윌슨의 댄스 지침서 《카드리유와 코티용 파노라마》(1822년)의 표지.
‘무리 지은 네 여성’의 삽화가 보인다. (왼쪽)

카드리유의 스텝을 표시한 도식. 윌슨의 《카드리유와 코티용 파노라마》에서 발췌. (오른쪽)

1817년 3월 13일 목요일 초턴

사랑하는 조카 패니 나이트에게

네 편지에 제대로 된 답을 하려면, 남은 내 생을 다 쓰고 므두셀라의 나이만큼 더 살아도 모자라. 난 너처럼 길고 완벽한 답장을 결코 쓰지 못할 거야. 하지만 몇 줄이라도 네 동생 윌리엄에게 간단한 인사와 답을 해야 할 것 같아.

난 와일드먼 씨와 잘 끝냈다고 생각해. 네가 설명한 대로 그는 너를 사랑하지 않았지. 물론 노력했을 수도 있지만 그쪽에서 엄청나게 사랑하지 않는 한 서로 잘되길 바라지 않아……

가여운 C. 마일즈 부인은 그렇게 오래 살았으면서 참 엉뚱한 날에 죽고 말았어! 굿네스톤 사람들이 널 보지 못한 것이 참 유감이야. 사람들을 한데 모으는 그녀의 친절하고 다정한 성품이 그녀가 겪고 있던 분열과 실망감을 감춰 버리고 있었어. 부인이 남길 게 거의 없다는 네 말에 유감이고 놀랐고, 마일즈 양에게 동정을 느꼈어. 그녀는 세상 물정을 모르는데 소득이 줄어든 건 또 다른 아픔이 되겠지. 독신 여성은 가난하게 살아야 하는 끔찍한 경향이 있어서 이 부분이 결혼을 갈망하게 하는 쟁점이 돼. 하지만 난 그런 논쟁을 너와 함께하고 싶지 않고 네가 한쪽으로 치우치는 걸 바라지 않아. 음, 전에도 자주 말했지만 그렇다고 결혼을 서둘지 말라고 하고 싶어. 기다리면 제대로 된 남자가 마침내 나타날 거야. 앞으로 2~3년이 더 남아 있고 그동안 네가 모르는 예상 밖의 사람들을 만나게 될 거고 그 **사람**은 최선을 다해 따뜻하게 널 사랑하고 네 매력에 완전히 빠져서 니도 진에 느끼지 못했던 사랑이라는 감정을 깨닫게 될 거야.

난 어느 정도 건강을 회복해서 산책하고 바깥 공기를 쐴 수 있어. 그리고 걷다가 잠시 앉아서 휴식을 취하는 등 충분히 운동도 해. 지금 날씨가 봄처럼

✤ 태양으로부터 숙녀의 얼굴을 보호하기 위한 파라솔과 외출복의 모습.

따뜻해져서 더 많이 운동할 계획이야. 당나귀를 타 볼까 생각 중이야. 그러면 마차를 쓸 때보다 덜 불편하고 더 독립적이고 커샌드라 고모와 올턴과 와이어즈로 산책을 갈 때 함께할 수도 있어……

윌리엄과 나는 가장 친한 사이야. 난 그 애를 아주 사랑해. 윌리엄의 모든 것이 다 **자연스러워**, 애정과 매너와 우스갯소리까지 다. 그 아이는 우리를 엄청나게 즐겁고 재미있게 해 줘……

그만 줄일게, 사랑하는 패니……

네 성격에서 가장 빛나는 부분이 바로 엄청난 상상력과 자유로운 마음가짐, 경계 없는 근사함이니 네가 어떻게 행동하든 좋은 평가를 받아야 마땅해! 근사한 종교적인 원칙이 그 점을 분명 설명해 주고 있어. 그럼 안녕, 하느님의 은총이 함께하길.

사랑을 듬뿍 담아, *J. A.*

🌸 와이어즈는 올턴 근교에 있는 벤과 애나 르프로이의 집을 말한다.

웬트워스 대령과 앤 엘리엇이 행복한 합의에 도달했다 _《설득》 중에서_
(마찬가지로 적절한 때에 제인의 조카 패니 나이트가 에드워드 크나치블과 결혼하게 되었다)

밀섬 스트리트에서 그들의 첫 만남은 많이 회자되었지만 연주회에 대한 이야기는 여전히 남았다. 그날 저녁은 아주 특별한 순간으로 점철된 것 같았다. 그녀가 그에게 말을 걸려고 옥타곤 룸(성이나 대저택 건축에서 흔히 볼 수 있는 팔각형으로 창문이 나 있는 호화 응접실이나 연회용 공간 -옮긴이)으로 걸음을 옮기는 순간, 엘리엇 씨가 나타나 그녀를 데려갔고 이어진 찰나의 순간, 되돌아갈 거라는 희망 혹은 커지는 낙담이 열정과 함께 가라앉았다……

"난 생각하지 못했어요." 앤이 말했다. "당신에 대한 내 태도가 엄청나게, 혹은 이 모든 일에 영향을 줬을지도 모른다는 사실을요."

"아니, 그런 게 아니에요! 당신의 태도 덕분에 다른 남자에게 관심을 두고 있지 않다는 걸 알았어요. 그렇게 믿길 바라요. 그렇지만 난 다시 당신을 만나기로 마음먹었어요. 아침 내내 그 생각에 정신이 없었고 아직 내가 여기 남아 있어야 할 이유가 있다는 걸 느꼈죠."

마침내 앤은 다시 집으로 돌아왔고 그 집에 있는 누구보다도 행복했디…… 사색에 빠지고, 진지해지고 감사하는 건 엄청난 행복 속에 도사린 모든 위험을 가장 잘 해결하는 최고의 방법이다. 그래서 그녀는 방으로 갔고 자신의 행복을 두려워 않고 굳게 감사하게 되었다.

사랑하는 앤 샤프에게

너의 다정한 편지를 침대에서 읽었어. 너에게 한 약속도 있고 나 역시 강하게 소망했지만 편지를 쓴 이후로 정말로 몸이 많이 안 좋았어…… 이 병을 앓는 동안 우리 가족들이 내게 얼마나 지극정성이었는지 판단하는 건 내 능력 밖이야! 아끼는 모든 남자 형제가 큰 애정과 근심을 안고 있어! 그건 언니도 마찬가지야! 마치 간호사처럼 날 돌봐 주려 했던 건 어떤 말로도 표현할 수 없을 거야……

난 일주일 후에 퇴원했고 올턴 약제상에서는 더 이상 손쓸 수가 없어서 더 나은 조언을 구했어. 가장 가까이에서 **제일** 훌륭한 곳이 윈체스터인데 그곳에 병원과 주요 외과의가 있고 그들 중 한 사람이 날 봐주었어. 진찰 덕분에 사악한 병이 점차 사라지고 있어. 그래서 날 내과의에게 맡기려고 시내로 가는 대신 윈체스터로 가서 몇 주 정도 더 라이퍼드 씨와 만나 내 건강을 어느 정도 회복해 볼 생각이야……

F. 오스틴 부인은 아이를 낳는데도 나보다 더 짧게 병원에 있었어. 우리는

⬩ 손님에게 신생아를
보여 주는 모습.

거의 동시에 병실에 들어왔고 그녀는 이참에 엄청나게 회복했지만 난……
이만 줄일게. 계속 초턴으로 편지 보내 줘. 두 곳 사이로 자주 소통이 있을 거
야. 어머니에 대해 언급하는 걸 까먹었어. 어머니는 내 상태가 최악이었을
때 많이 아파하셨지만 이제 괜찮아지셨어. 로이드 양 역시 아주 친절하게 대
해 줬어. 간단히 줄이자면, 내가 노파가 될 때까지 살 운명이라면 난 분명 지
금 죽는 게 더 나을 거라고 생각할 거야. 이런 가족들의 보살핌 속에 축복을
받으면서. 가족들보다 더 오래 살거나 그들의 고통을 제물로 삼고 싶은 생각
은 없어. 건강이 좋든 안 좋든, 영원한 네 친구로 남을게.

J.A.

**엘리너 대시우드가 생명을 위협하는 질병을 앓는 여동생 메리앤을
헌신적으로 돌보고 있다** _〈이성과 감성〉 중에서

그런데 정오쯤에 그녀는 다시 조심스럽게 실망한 모습을 보였고 그
래서 한동안 친구에게조차 입을 다물고 있으면서 여동생의 맥이 조
금이나마 나아질 거라는 희망을 품었다. 그녀는 계속 기다리고 살피
고 면밀히 지켜보았다…… 동생의 숨소리, 피부, 입술. 조금이나마 나
아지는 징조에 엘리너는 기뻐했고 메리앤은 이성적이지만 힘없는 눈
빛으로 그녀에게 시선을 고정했다.
그녀는 계속 동생의 옆을 지키며 오후 내내 쉬지 않았다. 쇠약해진 정
신이 불러오는 모든 두려움과 의구심을 잠재우며 간병하고 거의 매
번 동생의 얼굴을 보고 호흡을 살폈다. 재발 가능성은 당연히 있었고

❧ 윈체스터 성당의
성가대석의 모습을 담은
판화.

❧ 수채화로 그린 윈체스터
성당의 외관. 18~19세기
영국의 예술가이자 건축가
존 버클러의 1822년
작품이다.

어느 순간 그녀는 무엇 때문에 불안한지 알았지만 자주 살피며 모든 회복 징조가 지속되고 있다는 점을 파악했다. 6시에 메리앤이 겉으로 보기에 조용히 안정적으로 편하게 자는 것을 보고 그녀는 모든 근심에서 벗어났다.

1817년 5월 27일 화요일 원턴칼리지 스트리트의 데이비드 부인 하숙집

사랑하는 조카 에드워드에게

내가 병석에 있는 동안 애정 어린 걱정을 해 준 네게 어떻게 고마움을 표할지 몰라서, 상태가 좋은 지금 최대한 빨리 답장을 해 주는 편이 최선이라 판단했어. 내 필체를 자랑하려는 게 아니야. 손도, 얼굴도 아직 제대로 회복 못 했지만 다른 부분에서는 급속도로 활력을 얻고 있어. 지금 난 아침 9시에 침대에서 나와 밤 10시까지 있어. 물론 소파에 붙어 있는 쪽이지만 커샌드라 고모와 같이 정상적으로 식사하고 직접 이 방에서 저 방으로 움직일 수 있단다. 라이퍼드 씨가 날 치료할 거라고 말했고 그가 실패한다면 난 교구장 앞에 눕게 될 테지. 독실하고 유식하고 사심 없는 시신과 함께 있는 영광을 누릴 게 확실해. 우리 하숙집은 아주 안락해. 정갈하고 작은 응접실에서는 내 닫이창 너머로 가벨 박사의 정원이 내려다보여. 너희 아버지와 어머니가 고맙게도 내게 마차를 보내 준 덕분에 토요일의 여정은 별로 힘들지 않았고 그보다 더 좋은 날이 없었던 것 같아. 하지만 말에 올라탄 헨리 삼촌과 Wm. K.가 달리는 내내 비를 맞는 것을 보니 안쓰러웠어……

히스코트 부인은 날마다 찾아오고 윌리엄도 곧 우리를 보러 올 거야. 사랑하는 에드워드, 너에게 신의 가호가 있기를. 너도 아프게 되면 나처럼 극진한 간호를 받을 거야. 네가 너무 측은해서 불안한 친구들에게 둘러싸이는 은혜로운 축복으로 육체적 고통은 줄어들 테지. 장담하는데 무엇보다 그들의 사랑을 받을 충분한 자격이 있다고 스스로 깨닫는 것이 가장 큰 축복이야. 난 정말로 그렇게 생각해.

널 많이 사랑하는 고모 J. A.

'윈턴'은 윈체스터의 줄임말, '가벨 박사'는 윈체스터칼리지의 학장, 'Wm. K.'는 제인의 조카 윌리엄 나이트를 말한다. '히스코트 부인'은 엘리자베스 비그이다. 그녀는 윈체스터 성당 소속 윌리엄 히스코트 목사의 미망인으로 윈체스터의 클로스에서 여동생 알레시아와 살고 있다.

이 편지는 《노생거 사원》의 초판 서두 작가 소개란에 실린 편지다.

1817년 5월의 어느 날 윈체스터

나도 함께해 주길 바라서 같이 이야기를 나누니 한결 기분이 좋아. 주로 소파에서 지내지만 이 방 저 방으로 다닐 수 있어. 한번은 세단체어(귀부인이 외출 시 타고 다니는 일종의 가마 -옮긴이)를 타고 나갔고 또 그랬다가 날씨에 따라 휠체어를 타기도 해. 그 부분에 있어서 사랑하는 언니, 섬세하고 주의를 잘 살피며 인내심 깊은 간호사 역할을 해 주는 언니의 노력에 난 아프지 않았다는 말만 덧붙일게. 그녀에게 진 빚과 이 상황에서 사랑하는 가족들이 내게 보여 준 애정에 난 눈물로 감사할 따름이고 그들에게 하느님의 은총을 더 많이 내려 달라고 기도할 수밖에 없어……

✦ 윈체스터 성당의 본당.
제인 오스틴의 무덤은 북쪽 통로에 있다.

🔖 워든스 가든에서 바라본 윈체스터칼리지.
19세기 영국에서 활동한 독일 출신 화가 J. C. 스테들러의 컬러 애쿼틴트 작품이다.

커샌드라 오스틴이 패니 나이트에게 보낸 두 통의 편지

1817년 7월 18일 금요일 원체스터

사랑하는 패니에게

우리가 떠나보낸 사랑하는 제인의 안식을 바라며 편지를 써. 그 애는 진심으로 널 가장 아꼈어. 그 애가 병석에 있는 동안 보여 준 네 사랑을 잊을 수가 없구나. 친절하고 즐거운 편지를 보면서 난 아주 색다른 방식으로 헌신하고 있는 네 감정을 알 수 있었어······

화요일 저녁 이후로 제인은 다시 힘들어하기 시작했고 눈에 보이는 변화가 찾아왔어. 그 애는 축 늘어져 자는 시간이 더 많아졌어. 정말로 마지막 48시간 동안에는 깨어 있을 때보다 자고 있을 때가 더 많았지. 안색이 변했고 서서히 꺼져 갔지만 쇠약해지는 건 보지 못해서, 회복될 거라는 희망은 없었지만 그렇게 빨리 마지막이 찾아올 거라는 예상도 하지 못했어.

난 아주 좋은 동생이자 결코 다시 가질 수 없는 좋은 친구를 잃었어. 제인은 내 인생의 햇살이자 모든 즐거움을 함께하고 모든 슬픔을 같이 나눈 동반자였지. 그 애와 떨어진다는 생각을 해 본 적이 없고 그래서 내 일부를 잃어버린 것 같은 느낌이 들어······

제인은 30분 정도 죽어 가다가 마침내 고요해지고 의식을 잃었어. 그 시간 동안 가여운 아이는 힘들어했어! 자신이 어떤 고통을 겪는지 말할 수 없다고 했지만 계속되는 아픔에 대해 살짝 불평하긴 했어. 원하는 것이 있는지 물었을 때는 그저 죽고 싶다는 말뿐이었고. 그 애가 남긴 말은 이래. "하느님이 내게 인내를 허락하셨어. 날 위해 기도해 줘. 부디, 날 위해 기도해 줘!"……

목요일 저녁 식사 뒤에 곧바로 난 네 고모가 걱정하는 일을 해결하러 시내로 갔어. 오후 5시 45분경에 돌아왔고 그 애가 실신과 압박에서 벗어난 걸 알아차렸지. 아주 상태가 좋아서 나한테 자신의 발작에 대해 잠시 설명해 주었고 시계가 6시를 알리자 내게 목소리를 낮추며 말했어.

그 직후 얼마나 빨리인지 확실히 모르겠지만 제인은 다시 발작을 일으키며 실신했고 설명할 수 없는 고통에 힘들어했어. 그때 라이퍼드 씨가 왔고. 그가 고통을 줄이는 무언가를 주었고 결국 7시에 조용하게 의식 불명 상태가 되었어…… 거의 마지막까지 매번 숨을 쉴 때마다 고개를 살짝 까닥였어. 난 가까이 앉아 무릎에 베개를 두고 그 애의 머리를 받쳐 주었지만 6시간 동안 고개가 밖으로 나와 있었지. 나는 너무 피로해서 내 역할을 2시간 30분간 J. 오스틴 부인에게 해 달라고 했어. 내가 다시 넘겨받고 1시간 정도 뒤에 제인은 숨을 거두었어.

직접 그 애의 눈을 감겨 줄 수 있었고 그런 마지막 보살핌을 할 수 있다는 건 매우 감사한 일이야. 제인의 얼굴에서 고통의 흔적으로 남은 경련 같은 건 찾아볼 수 없었어. 대조적으로 고개가 계속 까닥여 아름다운 상태로 남은 걸 알려 주었고 지금도 마찬가지야. 관 속은 달콤하고 고요한 향기가 얼굴 주위를 감싸서 꽤 즐거운 생각에 잠긴 것 같아 보여.

마지막의 슬픈 의식은 돌아오는 목요일 아침에 있을 거야. 유골은 성당에 안치될 거고……

애정을 듬뿍 담아,

커샌드라 엘리자베스 오스틴

1817년 7월 29일 화요일 초턴

사랑하는 패니에게

너의 편지를 세 번 읽었고 진심 어린 말에 고마움을 전해. 날 제외하고 제인을 가장 많이 알았던 너의 칭찬에 가슴이 따뜻해지는 걸 느껴……

목요일은 네가 상상한 것만큼 끔찍한 날은 아니었어. 할 일이 너무 많아서 더 절망할 시간이 없었어…… 길거리를 메운 추모 행렬을 보았고 그들이 내 시야에서 사라졌을 때 나도 영원히 그 애를 잃었고 압도당한 건 아니지만 글을 쓰는 지금이라고 고통스럽지 않은 건 아니야……

난 얼른 밖으로 나와 몸을 바쁘게 움직였어. 물론 떠나보낸 동생을 즐겁게 떠올릴 수 있게 해 주는 일이었고 여러 상황에서 그 애를 떠올려. 우리가 은밀하게 교류한 즐거운 시간들, 그 애가 아주 아름답게 꾸민 흥겨웠던 가족 파티, 그 애의 병실, 그 애의 임종, 그리고 (내 바람인) 천국에서의 생활……

이제 내 소유가 된 소중한 서류를 보다가 메모를 몇 개 찾았고 그중에는 그 애의 금목걸이를 대녀인 루이자에게 주라는 말과 머리카락을 네게 건네라

♣ 커샌드라의 실루엣. 1815년경 작품이다.
제인이 숨을 거둔 뒤 커샌드라는 이렇게 썼다.
"그 애가 이 땅에 없다고 생각하면 하느님은 내게
그 애가 천국에서 살고 있다고 알려 주시기에,
나도 그곳에 합께 있게 해 달라고 겸손한 간청
(그로써 하느님을 기쁘게 해)을 멈추지 않게 된다."

는 말도 담겨 있었어. 패니, 네가 사랑하던 고모의 모든 요청이 내게 있으니 확인할 필요는 없단다. 브로치가 좋은지 반지가 좋은지 알려 주면 좋겠어. 사랑하는 패니, 하느님의 은총이 가득하기를.

널 가장 사랑하는,

커샌드라 엘리자베스 오스틴

✦ 1815년에 완성된 제인의 자화상 실루엣.

제인 오스틴의 발자취를 따라서

제인 오스틴은 어린 시절과 청소년기를 영국 햄프셔주의 마을 스티븐 턴에서 보냈다. 베이싱스토크에서 서쪽으로 9.7킬로미터가량 떨어진 곳이다. 그녀가 자랐던 목사관은 현재 주방 펌프 시설만 남았으나 바로 위에 자리한 테라스가 있던 느릅나무 산책로는 그대로 보존되었다. 21세기 교회에는 그녀를 기념하는 청동판을 비롯해 추모비가 몇 개 있다. 교구 기록부에는 그녀가 세례를 받은 사실이 남아 있고 결혼 공고에서는 제인이 런던에 사는 헨리 프레더릭 하워드 피츠윌리엄과 가상으로 결혼을 신청한다는 장난스러운 글귀도 찾을 수 있다. 근교 동네와 시골집들의 이름은 제인 오스틴의 편지를 읽은 독자라면 친숙하게 다가올 것이다.

제인의 두 번째 고향인 바스는 초승달 모양으로 쭉 들어선 거리와 광장이 전성기 모습 그대로다. 초기 이곳을 방문했을 때 제인이 리 패럿 부부와 함께 머물렀던 패러건은 아직도 기념되는 장소이다. 그녀는 현대 여행객들처럼 펌프 룸을 찾았다. 식민지 양식의 인테리어가 인상적인 이곳은 멋지게 차려 입은 바스 시민들이 모여 이야기를 나누고 온천 치료를 받던 곳이다. 그녀가 춤을 췄던 화려한 어퍼 룸은 지금은 어셈블리 룸으로 알려져 있다.

오스틴 가족이 처음 정착한 바스의 집은 시드니 플레이스 4번지로 당시에는 너른 시골 끄트머리에 자리해 시드니 가든스가 한눈에 내려다보였다. 이곳에서 열리는 파티, 콘서트, 불꽃놀이를 보며 제인과 커샌드라는 즐거워했다. 우아한 4번 파사드에 기념 명판이 달려 있다. 제인의 아버지가 묻힌 월콧의 교회는 그가 제인의 어머니와 결혼식을 올린 장소이기도 하다. 제인이 산책을 즐겼던 많은 장소들이 남아 있으며 체임벌레인 부인과 함께 빠르게 걸음을 옮겼던 시온 힐에서 웨스턴까지의 여정도 마찬가지로 즐겨 볼 수 있다. 새의 시야로 바스의 멀리까지 내려다볼 수 있는 구간이다. 시내의 경우 밀섬 스트리트와 그 주변은 여전히 근사한 상점들이 빼곡히 들어차 있다.

단순히 제인의 작품을 읽은 독자를 넘어 추종자가 된 이들을 위해 바스시는 《노생거 사원》과 《설득》에 등장하는 인물들로 도시를 꾸며 놓았다. 캐서린 몰랜드와 사악한 헨리 틸니가 밀섬 스트리트를 어슬렁거린다. 불순한 이사벨라 소프가 추파를 던지며 지나간다. 《설득》의 앤 엘리엇이 서둘러 웨스트게이트 건물에 있는 가여운 스미스 부인을 찾아가고, 캄든 플레이스(현재 캄든 크레센트)의 월터 엘리엇 경의 허세 가득한 하숙집으로 돌아온다. 혹은 리버스 스트리트에서 레이디 러셀을 만나거나. 거만한 댈림플 가족은 로라 플레이스에 산다. 제인 오스틴이 살아 있다면 가족들이 사는 하숙집을 찾아보며 재미있다고 생각했을 것이다. 앤과 웬트워스 대령의 중요한 대화는 어셈블리 룸의 옥타곤 룸에서 벌어지고 재결합한 연인의 더없이 행복한 산책은 유니온 스트리트에서 시작된다.

바스에서 오스틴 가족은 라임 레지스를 방문하는데 도싯 시골에 자리한 이곳은 제인이 정말 사랑한 장소다. 사암 절벽이 숲과 더불어 작은 마을을 감싸고 루이자 머스그로브가 넘어진 곳이자 제인이 "사람을 너무 쉽게 좋아하는 것 같아"라고 느낀 친구 암스트롱 양과 함께 걸었던 방파제는 여전히 그 위용을 자랑한다. 소설가의 탄생 200주년을 기념하는 절벽 정원은 원래 오스틴 가문의 하숙집이던 장소에 꾸몄다.

제인의 여섯 작품은 모두 초턴 코티지에서 쓰거나 고친 것이다. 제인오스틴 메모리얼트러스트에서 코티지를 복원했고 지금은 박물관으로 사용된다. 제인 오스틴의 수집품을 풍부하게 보유하고 있어 과거를 생생하게 일깨워주고 있다. 찰스 오스틴이 선물한 토파즈 십자가를 포함해 많은 보물이, 제인이 커샌드라에게 선물에 대해 적은 편지와 함께 전시되어 있다. 오스틴 부인과 제인이 만든 퀼트 작업물, 제인의 피아노 위에 펼쳐진 악보도 구경할 수 있다. 제인의 당나귀 마차는 별채에 있다. 그녀가 편지에서 언급한 꽃들이 정원을 가득 메운다. 이곳의 교회는 나이트 가문을 기념하며 오스틴 부인과 커샌드라가 그곳의 마당에 묻혔다.

제인 오스틴은 생애 마지막 몇 달을 성당 인근에 자리한 윈체스터칼리지 스트리트 8번지에서 보냈다. 그녀가 머문 시간을 기념하는 슬레이트 명판이 달려 있다. 방문객은 이 자리에 서서 커샌드라가 아침 일찍 2층 내닫이창 너머로 제인의 장례 행렬이 길을 따라 시야에서 사라지는 모습을 지켜보았음을 알 수 있다. 제인의 무덤을 알리는 평판이 성당의 본당 북쪽 통로에 마련되어 있고 그 위 벽에 황동 명판이 걸려 있다. 기념 창문도 있다. 근처 시립박물관에서 소설가와 관련된 여러 가지 유물을 전시 중이다.

• 제인 오스틴의 편지와 삶을 조명한 책

《A Memoir of Jane Austen(제인 오스틴 회고록)》, J. E. Austen-Leigh(J. E. 오스틴리), London, 1869

《A Portrait of Jane Austen(제인 오스틴의 초상)》, David Cecil(데이비드 세실), London, 1978

《Austen Papers, 1704-1856(오스틴가의 서류 1704-1856)》, R. A. Austen-Leigh(R. A. 오스틴리), London, 1942

《In the Steps of Jane Austen(제인 오스틴의 발자취)》, A-M. Edwards(A-M. 에드워즈), Southampton, 1985

《Jane Austen and Bath(제인 오스틴과 바스)》, Emma Austen-Leigh(에마 오스틴리), London, 1939

《Jane Austen and Her Art(제인 오스틴의 예술)》, Mary Lascelles(메리 라셀즈), Oxford, 1939

《Jane Austen and Lyme Regis(제인 오스틴과 라임 레지스)》, R. A. Austen-Leigh(R. A. 오스틴리), Emma Austen-Leigh(에마 오스틴리), London, 1946

《Jane Austen and Steventon(제인 오스틴 그리고 스티븐턴)》, Emma Austen-Leigh(에마 오스틴리), London, 1937

《Jane Austen in Bath(바스의 제인 오스틴)》, Jean Freeman(진 프리먼), Jane Austen Society, 1969

《Jane Austen in Winchester(윈체스터의 제인 오스틴)》, Frederick Bussby(프레더릭 버스비), Winchester, 1969

《Jane Austen, Her Life and Letters: A Family Record(제인 오스틴, 그녀의 삶과 편지들: 가족이 남긴 기록)》, W. Austen-Leigh(W. 오스틴리), R. A. Austen-Leigh(R. A. 오스틴리), London, 1913

《Jane Austen: A Biography(제인 오스틴: 전기)》, Elizabeth Jenkins(엘리자베스 젠킨스), London, 1958

《Jane Austen: A Family Record(제인 오스틴: 가족이 남긴 기록)》, Deirdre Le Faye(디어드리 르 페이), London, 1989

《Jane Austen: Facts and Problems(제인 오스틴: 진실과 쟁점)》, R. W. Chapman(R. W. 채프먼), Oxford, 1948

《Jane Austen: Her Homes and Her Friends(제인 오스틴: 그녀의 고향과 친구들)》, Constance Hill(콘스탄스 힐), London, 1902

《Jane Austen: Her Life(제인 오스틴: 그녀의 일대기)》, Park Honan(파크 호난), London, 1987

《Jane Austen's Letters to Her Sister Cassandra and Others(제인 오스틴이 언니 커샌드라와 다른 이들에게 보낸 편지)》, R. W. Chapman(R. W. 채프먼), Oxford Clarendon Press, 1932

《Jane Austen's Manuscript Letters in Facsimile(제인 오스틴의 편지 원본)》, Jo Modert(조 모더트), Southern Illinois University Press, 1990

《Jane Austen's Sailor Brothers(제인 오스틴의 해군 형제들)》, J. H. Hubback(J. H. 허백), E. C. Hubback(E. C. 허백), London, 1906

《Letters of Jane Austen(제인 오스틴의 편지)》, Lord Brabourne(브라본 경), London, 1884

《My Aunt Jane Austen: A Memoir(나의 고모 제인 오스틴: 회고록)》, Caroline Austen(캐럴라인 오스틴), Jane Austen Society, 1952

도판 및 편지 소장처 *Acknowledgements*

1. 도판

도판의 사용 허가 출처 및 소장처 또는 해당 그림을 발췌한 간행물을 원서에 따라 밝혔다. 소장처, 쪽수(해당 삽화가 삽입된 이 책의 페이지 수) 순서로 정리했다.

• 사용 허가 출처 및 소장처

Abbot Hall Art Gallery, Kendal, Cumbria (A. S. Clay Collection): 149, 198
Bath Reference Library: 90, 102
Birmingham City Art Gallery: 12 (photo Courtauld Institute l 상)
Bridgeman Art Library: 8, 17
Bristol City Art Gallery: 98 (Bridgeman Art Library)
British Library: 19 (상하), 39, 47, 107, 114, 123, 147, 151, 172, 195, 199, 233, 257 (하)
British Museum: 100-101 (Fotomas), 223 (상)
Christie's: 93, 99
Commander D. P. Willan R.N., D.8.C.: 28 (하), 112 (좌우)
Courtauld Institute of Art: 12 (하), 15 (Spooner Collection), 58 (Witt Collection l 하), 181 (Witt Collection), 237 (Private Collection)
Guildhall Library: 136 (Bridgeman Art Library)
Houghton Library, Harvard University: 33, 160
J. G. Lefroy, Carrigglas Manor, Longford: 29
Jane Austen Memorial Trust: 23 (상하), 26 (상하), 27 (상), 28 (상), 37, 51, 85, 130, 159, 216, 223 (하), 249, 265
Jeremy Whitaker: 27 (하)
Laing Art Gallery, Newcastle upon Tyne: 117
Leeds City Art Gallery: 158 (photo Courtauld Institute)
Mander & Mitchenson Theatre Collection: 157, 203 (상하)
Mansell Collection: 69, 134, 137, 171, 202, 213
National Gallery of Art, Washington: 126 (Paul Mellon Collection)
National Library of Scotland: 228
National Portrait Gallery: 16, 208, 227 (하)
Neville Ollerenshaw for Diana Sperling's illustrations in *Mrs. Hurst Dancing*, published by Victor Gollancz: 45, 185, 210, 244
Philippa Lewis: 64, 105 (하), 124, 180
Richard Knight: 38, 141, 145, 189 (Bridgeman Art Library)
Royal Academy of Dancing, Philip Richardson Collection: 44, 97, 251 (좌우)
Sotheby & Co.: 116, 201, 209, 241
Tate Gallery: 111
The great-grandsons of Admiral Sir Francis Austen: 13 (photo Robert Harding)
Trustees of the Wedgwood Museum, Barlaston, Staffordshire: 162 (상)
Victoria & Albert Museum: 222 (ET Archive)
Victoria Art Gallery, Bath: 40, 66 (좌), 66 (photos Courtauld Institute l 우), 86, 92 (좌우)
Westcountry Studies Library, Devon Library Services: 79, 82
Winchester Central Library: 240, 245, 257 (상)
Winchester Dean & Chapter: 264

Yale Centre for British Art: 56 (Paul Mellon Collection), 177 (Yale University Art Gallery I 하), 255 (Paul Mellon Collection)

• 간행물

A History of University of Oxford, published by R. Ackermann, London (1814): 215

A Treatise on Carriages by William Felton, London (1794): 67, 94, 173, 179

Bath, illustrated by a Series of Views, from the Drawings of John Claude Nattes, London (1806): 5, 73, 75, 89 (상하)

Botanical Magazine, or Flower Garden Displayed, published by William Curtis, London (1787~1800): 119 (상하), 146, 162 (하)

Gallery of Fashion, published by Nikolaus Heideloff, London (1790~1822): 49, 55, 58 (상), 62, 253

La Belle Assemblée, or Bells Court and Fashionable Magazine, London (1806~1810): 84, 156

Microcosm, or a picturesque delineation of the Arts, Agriculture, Manufactures of Great Britain by W. H. Pyne, London (1806): 54, 87, 118, 121, 166, 227 (상)

Orme's Collection of British Field Sports Illustrated from Designs by S. Howitt, London (1807): 48, 105 (상), 183 (상하)

Select Illustrations of Hampshire by G. F. Prosser, London (1833): 168, 248

The Code of Terpsichore by C. Blasis, London (1830): 131

The Costume of Great Britain, Designed, Engraved and Written by W. H. Pyne, London (1808): 53, 83, 164, 219 (상)

The History of the Colleges of Winchester, Eton and Westminster, published by R. Ackermann, London (1816): 129, 242, 260, 261 (표지 그림)

The History of the Royal Residences by W. H. Pyne, London (1819): 196, 224

The Repository of Arts, Literature, Commerce, Manufacture, Fashions and Politics, published by R. Ackermann, London (1809~1828): 70, 127, 153, 154, 155 (상하), 163, 170, 177 (상), 205 (상하), 207, 212, 220 (상하)

The World in Miniature, England, Scotland and Ireland Edited by W. H. Pyne, London (1827): 72, 219 (하)

2. 편지

이 책에 실린 편지의 소장처를 원서에 따라 밝혔다. 소장처, 쪽수(해당 편지가 삽입된 이 책의 페이지 수) 순서로 정리했다.

British Library: 101, 103 (상하), 138, 151, 156, 175, 178

Fitzwilliam Museum, Cambridge: 83

Historical Society of Pennsylvania: 127

Houghton Library, Harvard University: 184

Jane Austen Memorial Trust: 164, 166, 169, 200, 224

Jane Austen Society: 92

Kent County Archives Office (on deposit from Lord Brabourne): 213, 217, 249, 252

Massachusetts Historical Society: 68

On Deposit from Joan Austen Leigh: 226 (하), 227, 243, 246, 258

Pierpont Morgan Library: 46, 55, 57, 65, 70, 72, 86, 90, 96, 118, 122, 125, 130, 136, 153, 159, 161, 171, 182, 198, 204, 244, 255

Princeton University Library: 133

Privately owned: 49, 61, 67, 222, 226 (상), 262, 264

St. John's College, Oxford: 206, 209, 211

Torquay Natural History Society Museum: 62

Unknown: 42, 45, 50, 52, 116, 120, 128, 230, 247, 259

제인 오스틴, 19세기 영국에서 보낸 편지

2022년 12월 13일 초판 01쇄 인쇄
2022년 12월 21일 초판 01쇄 발행

지은이 퍼넬러피 휴스핼릿
옮긴이 공민희

발행인 이규상 편집인 임현숙
편집팀장 김은영 책임편집 정윤정 편집 고은솔
디자인팀 최희민 권지혜 두형주 마케팅팀 이성수 김별 강소희 이채영 김희진
경영관리팀 강현덕 김하나 이순복

펴낸곳 ㈜백도씨
출판등록 제2012-000170호(2007년 6월 22일)
주소 03044 서울시 종로구 효자로7길 23, 3층(통의동 7-33)
전화 02 3443 0311(편집) 02 3012 0117(마케팅) 팩스 02 3012 3010
이메일 book@100doci.com(편집·원고 투고) valva@100doci.com(유통·사업 제휴)
포스트 post.naver.com/h_bird 블로그 blog.naver.com/h_bird
인스타그램 @100doci

ISBN 978-89-6833-410-8 04840
ISBN 978-89-6833-390-3 (세트)
한국어판 출판권 ⓒ ㈜백도씨, 2022, Printed in Korea